중학생 독후감 필독선 33

중학생이 보는

WILLIAM SHAKESPEARE

햄 릿

세
성낙수(한국교원다   교사) 엮음

좋은 책 좋은 독자를 만드는—
㈜신원문화사

　더 이상 언급할 필요도 없지만 요즘은 독서의 중요성이 더욱 강조되는 시대입니다. 첨단과학으로 이루어진 대중매체 덕분에 눈으로 읽는 것보다는 말초신경을 자극하는 동영상 쪽으로 관심이 모아지는 데 대한 우려 때문일 것입니다. 꿈과 희망을 가지고 자라나는 학생들에게는 올바른 사고력과 분별력을 키워주어야 합니다. 그런 점에서 다른 사람들의 생각과 철학, 인생관과 세계관이 들어 있는 명작들을 많이 읽는 것이야말로 바람직한 학습 효과를 거둘 수 있는 지름길이라 생각합니다.

　명작은 오랜 세월에 걸쳐 많은 사람들이 읽고 크게 감동을 받은 인정된 작품들로서, 청소년들의 삶에 지침이 되어 주고 인생관에 변화를 주게 될 것입니다.

　이번에 중학생들에게 꼭 읽히고 싶은 명작들을 선정하여, 작품을 바르게 감상하고 독후감을 쓰는 데 도움을 주고자 이 시리즈를 기획하게 되었습니다. 작품들은 동서고금에 걸쳐 객관적으로 인정받은, 훌륭한 대상만을 선정하였습니다. 그리고 책의 구성을 다음과 같이 하여, 읽고 쓰는 데 도움이 되도록 하였습니다.

　하나, 삶에 대한 지혜와 용기를 주고 중학생이라면 꼭 읽어야 할 명작만을 골랐습니다.

둘, 명작을 읽고 난 후의 솔직한 느낌을 논리적·체계적으로 쓸 수 있도록 중학생들의 독후감 작성에 따르는 부담을 덜어 주도록 구성하였습니다.

셋, 작품 알고 들어가기, 내용 훑어보기, 작품 분석하기, 등장인물 알기를 통해 작품을 분석하는 힘을 기를 수 있도록 하였습니다.

넷, 작가 들여다보기, 시대와 연관짓기, 작품 토론하기 등을 통해 작가의 일생을 알고 시대의 흐름을 파악하여 상상력과 창의력을 키워 주도록 하였습니다.

다섯, 독후감 예시하기와 독후감 제대로 쓰기에서는 책을 읽는 방법과 독후감 모범답안 실례를 제시함으로써 문장력을 길러주는 한편 독후감 쓰기의 충실한 길라잡이가 되도록 했습니다.

아무쪼록 이 책들이 중학생들의 학습 능력 향상에 큰 도움이 되길 빌어 마지 않습니다.

엮은이 성 낙 수

차 례

중학생이 보는

WILLIAM SHAKESPEARE

햄   릿

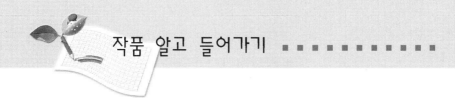

햄릿은 셰익스피어가 남긴 최대 걸작 중의 하나입니다. 그래서 《오셀로》,《맥베스》,《리어 왕》과 함께 셰익스피어의 4대 비극이라고 불려지고 있습니다.

영국의 대문호인 셰익스피어는 역사를 다룬 사극과 낭만과 해학이 넘치는 희극, 인생의 깊이를 묘사한 비극 등을 썼는데, 이 작품들은 세련된 언어를 통해 뛰어난 문학성을 보여주고 있습니다. 더불어 뛰어난 천재성과 극작술로서 모든 장르를 완성하고 동시에 자신의 독자적인 세계를 창조했다는 평가를 받고 있지요.

《햄릿》은 5막으로 된 셰익스피어의 4대 비극 중의 하나로서, 주인공 햄릿의 고뇌와 비극적 결단 및 죽음을 치밀한 심리 묘사와 탁월한 시적 문체를 통해 극화시킨 걸작입니다. 이 작품은 12세기경의 덴마크를 배경으로 하고 있으며, 주인공 햄릿을 둘러싼 인간 사이의 갈등과 비극, 그리고 그 가운데서 고뇌하는 햄릿의 모습을 사실적으로 그리고 있습니다.

이 작품은, 일차적으로는 아버지가 숙부에게 암살당하여 아들 햄릿이 복수를 하게 되고 마침내는 자신도 죽게 된다는 내용을 담고 있습니다. 그러나 셰익스피어는 주인공 햄릿을 통하여 인간의 사고와 행동의 본질이 무엇인가에 대한 끊임없는 의문을 제기하고 있습니다.

또한 작품을 읽다 보면, 햄릿에게서 일어나는 많은 사건들이 개인뿐 아니라, 가족과 국가, 혹은 더욱 본질적인 관계까지도 연관되어 있음을 알게 될 것입니다.

'사느냐 죽느냐, 이것이 문제로다.'라는 햄릿의 독백은 매우 유명한 구절이지요. 중요한 사항에 결단을 내리지 못하는 사람을 말할 때 주로 인용되는 구절로서, '햄릿형 인간'을 창조하였습니다. 햄릿의 이러한 갈등에서 작가는 '인간됨'이라는 주제를 제기하고 있습니다. 그의 갈등은 비윤리적인 현실에 직면하여 어떻게 자신의 삶을 정립해 나갈 것인가 하는 문제에서 출발하고 있지요. 여러분도 이 구절이 어떠한 의미를 담고 있는지에 대해 생각하면서 《햄릿》을 읽어 보기 바랍니다.

제 1 막

제1장 엘시노어 궁성

성벽 위 좌우에는 소탑으로 통하는 문이 있다. 별이 반짝이는 추운 밤, 창을 든 보초병 프랜시스코가 왔다갔다하고 있다. 자정을 알리는 종이 울린다. 금방 다른 보초 버나도가 같은 무장을 하고 성에서 나온다. 그는 어둠 속 프랜시스코의 발소리에 갑자기 멈추어 선다.

버나도   거기 누구야?

프랜시스코   넌 누구냐. 서라, 이름을 대라.

버나도   '성수 무강!'

프랜시스코   버나도 장교님?

버나도   그렇다.

프랜시스코   꼭 제시간에 맞추어 오시는군요.

버나도   지금 방금 열두 시를 쳤다. 넌 그만 가서 자거라.

프랜시스코 이번 교대 참 고맙습니다. 어찌나 추운지 가슴이 다 저립니다.

버 나 도 별 이상 없나?

프랜시스코 생쥐 한 마리도 얼씬하지 않았습니다.

버 나 도 그러냐, 가 자라. 이번 내 짝은 호레이쇼와 마셀러스다. 만나거든 빨리 오라고 전해다오.

해
릿

호레이쇼와 마셀러스가 온다.

프랜시스코 (발소리를 듣고) 지금 오시나 봅시다. 서라, 거기 누구냐?

호레이쇼 이 나라 국민.

마셀러스 국왕의 신하.

프랜시스코 잘 부탁합니다.

마셀러스 아, 잘 가게, 모범병. 누가 교대 섰나?

프랜시스코 버나도 장교님이십니다. 그럼 부탁합니다. (퇴장)

마셀러스 여어, 버나도!

버 나 도 아, 호레이쇼도 같이?

호레이쇼 그렇게 됐네.

버 나 도 잘 왔네, 호레이쇼. 마셀러스, 자네도 잘 왔네.

호레이쇼 그래, 그것이 오늘밤도 나오던가?

버 나 도   아직은 못 봤네.

마셀러스   호레이쇼는 그것을 망상이라고 우기고 도무지 믿어 주질 않는다네. 두 차례나 우리 눈앞에 나타난 무서운 광경인데. 그래서 오늘밤은 꼭 우리와 같이 망을 보자고 했지. 그 허깨비가 오늘밤에도 나타난다면 그때는 우리 눈을 믿어 줄 것 아닌가. 그리고 망령한테 말을 건네어 볼 수도 있을 거고.

호레이쇼   쳇, 나오긴 뭐가 나와.

버 나 도   좌우간 좀 앉게. 우리가 이틀 밤씩이나 보고 하는 말에 자네는 막무가내 귀를 틀어막고 있네만, 한번 더 들어 보게.

호레이쇼   그럼 좀 앉을까. 자 버나도, 얘기해 보게.

버 나 도   어젯밤이었네. 북극성이…… 서쪽 저기 저 별이 지금도 불타고 있는 저곳에 올라와서 하늘을 환히 비쳐 줄 때쯤 되어, 마셀러스와 나는 함께 있었지…… 그때 막 1시를 치는데…….

　　망령이 나타난다. 완전 무장을 하고 있다. 손에 원수장(元帥杖)을 들고 있다.

마셀러스   쉿, 조용히. 저것 봐, 또 나왔어!

버 나 도   선왕과 똑같은 모습이 아닌가.

마셀러스   자네, 학자님께 부탁하네. 호레이쇼, 말을 걸어 보게.

호레이쇼   정말 꼭 같네. 아이구 무서워, 이게 웬일일까.

버 나 도 말을 걸어 주었으면 하는 눈치 같군.

마셀러스 말 좀 걸어 보게, 호레이쇼.

호레이쇼 네 대체 누구이길래, 선왕께서 출전하시던 때의 늠름한 무장을 차리고 무엄하게 야경을 틈타 다니느냐? 엄명이다. 썩 말해 봐.

마셀러스 화가 났나?

버 나 도 저것 봐, 가버리지 않나.

호레이쇼 거기 서. 말을 해 봐. 명령이다.(망령 사라진다)

마셀러스 가 버렸어. 말하기 싫은 모양이야.

버 나 도 아니 호레이쇼, 자네 떨고 있군. 안색도 나쁘고. 망상만은 아니잖아. 어때?

호레이쇼 아, 이 두 눈으로 똑똑히 보고도 안 믿을 수가 있나?

마셀러스 선왕과 같지?

호레이쇼 같다뿐인가? 선왕께서 야심가인 노르웨이 왕과 격투하실 때의 무장이 저랬었어. 저 상을 찌푸린 표정도 그렇고, 담판이 깨지자 썰매 탄 폴란드 놈들을 빙판에서 쳐부술 때도 저랬었지. 참 해괴한 일이군.

마셀러스 전에도 이렇게 두 번, 시간도 똑같은 자정 무렵 우리가 망보는 옆을 의젓하게 지나갔지.

호레이쇼 어떻게 갈피를 잡아야 할는지 모르겠네만, 내 생각 같아선 국가에 무슨 변괴가 일어날 징조가 아닐까 싶어.

마셀러스 자, 우리 앉세. 좀 물어 보겠네만, 그래 무엇 때문에 이렇게 엄중한 망을 세워 백성들을 못 살게 굴며, 무엇 때문에 매일같이 대포를 부어 짓는다, 외국에서 무기를 사들인다 하며, 무엇 때문에 조선공들을 징발하여 휴일도 없이 혹사시키느냐 말일세. 대체 어떤 사태가 임박했기에 밤낮으로 비지땀을 흘리게 하냔 말이냐구. 누가 알면 좀 말해 보게.

호레이쇼 내 말해 주지. 적어도 소문은 이렇다네. 바로 아까 우리 앞에 그 모습을 나타낸 선왕은 도전을 받았었지. 알다시피 상대는 지독한 야욕에 충동당한 노르웨이 왕 포틴브라스. 그러자 영용하신 햄릿 왕, 세상이 다 아는 영용하신 햄릿 왕은 적의 목을 베셨어. 그래 그놈은 목숨과 더불어 영토를 죄다 몰수당했지. 그건 기사도의 규칙에 따른 약조였어. 물론 이쪽에서도 상당한 영토를 걸었는데, 만약 포틴브라스가 이기게 되면 그것은 적의 수중에 들어갔을 테지. 하지만 바로 그 약조의 취지 내용에 따라 적의 영토는 이쪽에 귀속되고 말았지. 아, 그런데 포틴브라스의 아들놈이 풋내기 혈기라, 노르웨이 변방 이곳저곳에다 그저 배만 채우면 되는 무뢰한들을 끌어모아 무슨 모험을 꾸며 보자는 건데, 다른 게 아니라 제 아비가 잃은 그 영토를 완력과 강제 수단으로 되찾아 보겠다는 거야. 이를 물론 우리 정부 당국도 빤히 알고 있지. 이것이 우리 군비의 주된 동기 같네. 우리가 망을 서는 원인도, 주졸(走卒)이 달리고 향촌이 들

끓는 듯한 이유도 역시 그렇고.

버나도 그럴 거야. 어디 다른 이유가 있을려고. 망보는 앞을 무
장하고 나타난 이 불길한 그림자, 예나 이제나 전쟁의 장본인
인 만큼, 별일이나 없으면 좋으련만.

호레이쇼 티끌 하나만 있어도 마음의 눈은 아프네. 옛날 번영을
자랑하던 로마에서도 위대한 카이사르가 쓰러지기 직전에 무덤
들은 텅 비고, 수의를 감은 시체들이 로마의 거리를 헤맸다네.
항상 숙명에 앞서 오는 재앙의 서막(序幕) 같은 흉조를, 천지가
다같이 우리 국민들 앞에 보여주지 않는가. 글쎄 별은 불꼬리
를 끌고, 핏빛 이슬이 내리며, 태양도 빛을 잃고, 바다를 지배
하는 달도 말세나 당한 듯 병이 들고. (망령이 다시 나타난다)
아, 쉿, 저것 봐. 또 나타났어! 에라, 가로막아 보자. 급살을 맞
아도 좋다. (두 손을 벌리고 가로막는다) 야, 망령, 거기 서! 할
말이 있거든 해봐. 너한테는 약이 되고 내게는 복이 될 만한 좋
은 일이 있거든 어서 말을 해봐. 미리 알면 피할 수도 있을 조
국의 화근을 네가 알고 있거든 어서 말해 보라구! 혹시 생전에
착취한 재물이라도 땅 속에 묻어 두었다면 말을 해봐라. 너희
들 혼들은 그런 것에 미련이 있어서 사후에도 잘 헤매다닌다던
데. (닭이 운다) 가지 말고 말해 봐…… 거기 있어. 말해 봐
…… 못 가게 좀 막게나, 마셀러스!

마셀러스 창으로 찌를까?

해
릿

호레이쇼 그러게, 안 서거든.

버나도 여기다!

호레이쇼 여기다!

마셀러스 가버렸어. (망령 사라진다) 그렇게 존엄한 혼령을 난폭하게 대해서 정말 안됐어. 공중을 치는 것과 동시에 창칼을 봤는데, 쳐봤자 허탕이지.

버나도 머뭇머뭇하는데 그만 닭이 울었어.

호레이쇼 그러자 무서운 호출이나 당한 죄인같이 깜짝 놀랐겠지. 닭은 새벽의 나팔수. 드높은 목청은 햇님을 깨우고 그 울음소리에 천지, 수중, 화중을 배회하던 허깨비들은 제 처소로 줄달음질친다나. 이제 보니 그 말이 맞군 그래.

마셀러스 글쎄 닭이 울자 그만 사라졌어. 듣자니 성탄을 축하하는 때가 되면 새벽을 알리는 닭이 밤새껏 노래하여 허깨비들도 감히 밖에 나다니질 못한다나. 그래서 그 밤은 안전하고 별에서 급살이 내리는 일도 없고, 요정이 덤비지 않으며 마녀들도 맥을 못춘다는데, 과연 거룩하고도 정(淨)한 시절이랄까.

호레이쇼 글쎄, 나도 들은 얘기네만 그럴 법도 하지. 아 보게, 팔색 옷으로 치장을 한 햇님이 이슬을 밟으면서 저기 동천 산마루에 떠오르네. 자, 그만 망을 파하세. 그런데 내 생각엔 간밤에 본 일을 햄릿 왕자님께 아뢰는 것이 좋을 것 같은데. 망령이 우리한테는 끝내 함구무언이지만 왕자님께는 필시 무슨 말을 할 거야. 왕자님께 아뢰도록 하세. 우리의 정성으로 봐서나 직책으로 봐서나 마땅히 그래야 할 것 아닌가?

마셀러스 그렇게 하세, 부디. 마침 오늘 아침 왕자님을 만나 뵐 수 있는 장소를 내가 알고 있네. (퇴장)

제2장 궁전의 정전

나팔 소리. 덴마크 왕 클로디어스, 왕비 거트루드, 중신들, 폴로니어스와 그의 아들 레어티스, 그리고 볼티먼드와 코닐리어스, 다들 성장을 하고 대관식에서 물러나오는 중이다. 끝으로 검은 상복을 입은 햄릿 왕자, 아래를 보면서 등장. 왕과 왕비가 옥좌에 올라선다.

왕 친형 햄릿 왕이 승하하신 기억도 생생하여 온 국민이 모두 다 수심에 쌓이고 다같이 이마에 국상을 슬퍼함은 인정하오. 그러나 정신을 차려 극복하고 선왕을 깊이 애도하면서도 짐은 국왕된 체모를 잊지 않았소. 그런고로 짐은 지난날의 형수를 이 나라의 주권을 함께 하는 왕비로 맞이했는데, 이는 이지러진 기쁨이라고나 할까. 말하자면 한 눈으로는 울고 한 눈으로는 웃으며, 장례식은 즐겁게 결혼식은 슬프게, 희비를 똑같이 저울질하면서 왕비로 맞이한 것이오. 또한 이 일에 짐은 경들의 현명한 의견을 막지 아니하였으며, 일동 또한 다들 짐에게 찬성해 주었소. 다들 가상히 여기오. 다음 건은 알고 있다시피 저 포틴브라스 2세에 관해서인데, 이쪽 실력을 다소 평가했는지, 또는 현왕의 붕어로 인해 국가 질서가 풀렸다고 생각했는지, 기어이 사신을 보내어 재촉하기를, 즉 지아비가 계약대로 우리 영특하고 용맹하신 형님께 잃은 영토를 도로 반환하라는 것이오. 그건 그렇고 요는 이쪽의 대책인데, 오늘 회의를 갖는 것도 이것 때문이오. 여기에 노르웨이 왕께 보내는 칙서가 있소. 왕은 포틴브라스의 숙부가 되는 분으로 노쇠로 인하여 쭉 병석에 누워 있기 때문에 조카의 야심을 잘 모르는 것 같은데, 그 젊은 녀석이 왕의 백성들을 소집해서 대군을 조직하는 등의 일이 없도록 해달라는 사연이오. 이에 그 사신으로서 코닐리어스 경과 볼티먼드 경을 임명하오. 노르웨이 왕과 교섭할 개인적 권한은 여기에 그 조항이 명시되어 있으니 그 이상은 엄금하오. 그럼 어서.

코닐리어스 만사 분부대로 하겠습니다.

볼티먼드 저도 만사 분부대로 하겠습니다.

왕 부탁하니 잘 다녀오시오. (두 사람, 퇴장) 그런데 참 레어티스, 또 무슨 이야기가 있는가? 무슨 소청이 있다는 것 같은데? 이유만 대면 이 덴마크 왕이 안 들어 줄 리는 없다. 대체 네 청이 뭐냐? 네가 구태여 조르지 않아도 짐이 자진해서 해주려 한다. 이 덴마크 왕실과 폴로니어스 경 사이에는 뇌수와 심장 사이보다 더 관계가 깊고, 손이 긴요한들 어디 이보다 더할 수 있겠느냐? 그래, 네 청이 무엇이냐?

레어티스 황공하오나 소신을 프랑스로 돌아가게 해주십시오. 폐하의 대관식에 참석하고자 홀연히 귀국하였으나 이제 그 직책도 끝나고 보니 마음은 프랑스에 가 있습니다. 황공하오나 부디 허락해 주십시오.

왕 가친의 허락은 받았느냐? 폴로니어스 경, 어떻소?

폴로니어스 예, 자식놈이 어찌나 졸라 대는지 결국 본의 아니게 승락을 해주었습니다. 이젠 아비로서도 부탁드리오니 제발 허락해 주십시오.

왕 그래. 그럼 가서 잘 지내라, ·레어티스. 시간은 네 것, 아무쪼록 유익하게 잘 쓰도록 해라. 그런데 참 내 조카, 나의 태자 햄릿 차례인데……

햄 릿 (방백) 숙질 이상의 관계가 되고는 말았지만, 그렇다고 부자(父子) 취급은 싫다.

왕 네 얼굴은 늘 어두운데 웬일이냐?

햄 릿 천만에요. 이 태자는 태양의 혜택이 너무도 많습니다.

왕 비 햄릿, 그 시커먼 상복은 치우고 전하를 좀더 정답게 보려무나. 그렇게 항상 아래만 보고 땅 속에 묻힌 아버님을 찾고만 있을 것이냐. 너도 알잖니. 생자필멸, 누구나 한 번은 세상을 마치고 저승으로 가게 마련이다.

햄 릿 그렇습니다, 예.

왕 비 그렇다면 어째서 그게 네게만은 유별나게 보이느냐?

햄 릿 보이다니요! 아니, 사실이 그렇습니다. 그렇게 보이건 안 보이건, 그건 제가 알 바 아닙니다. 어머님, 다만 이 새까만 외투나 격식에 맞는 그럴 듯한 상복, 억지로 짓는 탄식이나 개울 같은 눈물, 절망한 표정이나 비애를 표시하는 기타 온갖 양식, 온갖 방법, 그까짓 것들이 저의 심정을 여실히 드러내진 못합니다. 그런 것들이야 정말 그럴 듯이 보일 테죠. 그까짓 연극쯤은 아무나 할 수 있습니다. 그러나 이 가슴속에 있는 비애는 겉치레 옷가지와는 전혀 다릅니다.

왕 그토록 부친을 애도하는 너의 태도는 참으로 아름답고 가상하다. 그러나 알아 두어야 할 것은, 네 부친도 아버지를 여의셨고 네 조부 또한 아버지를 여의셨다. 그러기에 뒤에 남은 자는 자식된 도리로서 어느 기간 상복을 입게 마련이다. 그러나 완전히 비탄에 잠기는 것은 신을 모독하는 고집, 대장부답지 못하다. 이는 하늘에 거역하는 불손이 될 뿐 아니라 마음속에 신을 믿지 아니하며 괴팍하고 분별 없는 심지임을 실증하는 것, 즉 죽음이란 불가피하고 예사인 줄 빤히 알고 있으면서 심술궂게 진심으로 반항하는 태도가 아니겠는가? 아서라, 그건 하느님께 죄요, 도리와 이치에도 어긋나는 것. 부친의 죽음은 가장

평범한 이치로서 인류가 처음 죽음을 보던 날부터 지금까지도 '이것만은 불가피하다'고 외쳐 왔지 않았느냐. 제발 그 무익한 비애는 땅에 던지고 이 왕을 친아버지와 같이 생각해다오. 세상에 공포하지만 너는 왕위를 계승받을 사람, 친아버지에 못지않는 나의 애정도 당연한 것. 네가 위텐버그대학에 돌아가고 싶어하나 그건 나의 뜻과는 아주 어그러지는 일. 제발 이대로 내 곁에서 나의 중신, 나의 조카요, 아들로서 이 왕에게 힘이 되고 위안이 되어다오.

왕　　비　햄릿, 제발 네 어머니의 소원을 헛되지 않게 해다오. 신신 부탁이다. 제발 위텐버그엔 가지 말고 있어다오.

햄　　릿　예, 아무쪼록 어머님 분부대로 하겠습니다.

왕　그 기특한 대답, 참 반갑다. 이 덴마크에서 짐과 같이 지내도록 해라. 여보, 왕비, 햄릿이 이렇게 선선히 승낙을 해주니 내 마음도 풀리오. 여봐라! 축하하는 의미로 오늘 덴마크 왕이 축배를 올릴 테니, 즐거운 한 잔 한 잔에 축포를 터뜨려 천상에 알리도록 하라. 하늘도 왕의 주연을 축하하고 지상의 환희에 호응할 것이다. 자, 안으로.(나팔 취주, 햄릿만 남고 일동 퇴장)

햄　　릿　아, 이 너무도 더러운 육체, 녹고 녹아 이슬이나 되었으면! 신은 또 왜 자살을 금하는 법칙을 정해 놓았는고! 아아, 세상사 다 귀찮다. 멋없고 진부하고 무익하다! 에라, 더러운 세상, 뜰에는 잡초만 무성하고, 온갖 악취가 코를 찌르는구나. 이렇게 되고 말다니. 돌아가신 지 겨우 두 달, 아니, 두 달도 채 못 되지. 참 훌륭하신 왕이셨어. 이번 왕과 비교하면 천양지차야. 바깥 바람조차 너무 많이 쐬지 못하게 할 정도로 어머니를 애지중지하셨는데……. 제기랄, 그런 일까지 다 회상해야 하나? 늘 아버님께 기대거나 매달리곤 하시던 어머니, 사랑하면 할수록 애정은 깊어지는 것인데, 그러던 것이 채 한 달도 못 돼서……. 아예 생각하지를 말자. 여자란 건 정말 별 수 없군! 겨우 한 달. 니오베 여신같이 온통 눈물 속에 아버님 영구를 따라가던 신발이 닳기도 전에……. 아, 어머니가, 아니, 우리 어머니가 저 숙부의 품에 안기다니. 아, 사리를 분간 못하는 짐승이라도 더 오래 슬퍼했을 텐데. 한 형제라곤 해도 나와 헤라클레스 차이만큼이나 부왕과는 다른 자하고, 한 달도 못 돼서, 벌개진 눈에서 거짓 눈물의 소금기가 가시기도 전에 결혼을 하다니. 아, 더럽게도 빠르구나. 어쩌면 그렇게도 재빠르게 불륜의 잠자리로 달려간담! 좋지 못할 거다. 절대로 좋지는 못해.

호레이쇼, 마셀러스, 버나도 등장.

호레이쇼 전하, 안녕하십니까!

햄   릿 여, 호레이쇼가 아닌가…… 잘 있었나. 내가 원, 정신이 없네.

호레이쇼 예, 바로 그 호레이쇼, 전하의 변함없는 비복(卑僕)이 올시다.

햄　릿 원, 이 친구, 내가 오히려 그렇게 말하고 싶네. (악수한다) 그런데 호레이쇼, 위텐버그에서 무슨 일로 돌아왔나? 아, 마셀러스도. (악수의 손을 내민다)

마셀러스 안녕하십니까, 전하!

햄　릿 참 반갑네…… (버나도에게) 아, 자네도 별일 없고? (호레이쇼에게) 그런데 자네, 정말 무슨 일로 위텐버그에서 돌아왔나?

호레이쇼 원체 놀기를 좋아하는 놈 아닙니까.

햄　릿 자네 적들이 그런 욕을 해도 곧이 들을 내가 아닌데, 하물며 자기 욕을 하는 자네 말을 내 귀가 믿을 줄 아나? 자넨 결코 게으름뱅이가 아니지. 대체 무슨 일로 엘시노어에 왔는지 궁금해지는군. 다시 떠나기 전에 술고래 되는 법이나 배우게 되는 것 아닌가.

호레이쇼 실은 폐하의 국상에 참석하려고 왔습니다.

햄　릿 제발 농담은 그만두게. 뭘 우리 어머니 혼례식을 보러 온 것이겠지.

호레이쇼 그러고 보니, 바로 연달아서 있었군요.

햄　릿 그건 다 경제 소관이야. 초상밥이 식을 만하면 척 잔칫상이 나온다는 말이 있지. 그런 일을 당할 바에야 차라리 천당에서 원수를 만나지. 여보게 호레이쇼, 아버님 모습이 보이는 것 같네.

호레이쇼 어디서요?

햄 릿 마음의 눈 속에.

호레이쇼 저두 한번 뵌 적이 있습니다. 참으로 훌륭하신 폐하셨습니다.

햄 릿 어느 모로 보나 대장부였지. 다시 또 그런 분을 뵈올 수 있을라고.

호레이쇼 그런데 전하, 실은 어젯밤에 뵈온 것 같습니다.

햄 릿 뵈었다고, 누구를?

호레이쇼 부왕을 말씀입니다.

햄 릿 부왕을!

호레이쇼 놀라움을 잠시 진정하시고 들어 주십시오. 그 괴상한 일을 말씀드리지요. 이 사람들이 바로 증인입니다. (마셀러스와 버나도를 돌아다본다)

햄 릿 제발 어서 얘기해 주게.

호레이쇼 실은 마셀러스와 버나도 이 두 사람이 이틀 밤을 같이 경비를 서던 막막한 밤중에 당한 일이랍니다. 꼭 부왕의 모습을 한 형체가 머리 꼭대기에서부터 발가락까지 완전히 무장을 하고 나타나서, 이 두 사람 앞을 엄숙한 걸음걸이로 천천히 당당하게 지나갔다는군요. 손에 잡은 단장이 달락말락한 간격을 두고 공포에 질린 두 사람의 눈앞을 세 번 지나갔는데, 어찌나 무섭던지 바보같이 달달 떨고 벙어리같이 멍하니 서서 말도 못 걸어 보았답니다. 이 무서운 일을 저에게 은밀히 얘기해 주기에, 사흘째 밤엔 저도 같이 망을 섰지요. 그랬더니, 시간하며 형태하며 두 사람 말과 똑같이 그 혼령이 나오더군요. 틀림없이 선왕 폐하로 그 두 손도 어쩌면 그렇게 같을 수 있는지요.

햄　　릿　그게 어딘가?

마셀러스　저희들이 망을 선 저 망대 위입니다.

햄　　릿　그래, 말을 걸어 보지는 않았나?

호레이쇼　걸어 보았지요. 그러나 대답은 없고 다만 한 번 얼굴을 들며 머뭇머뭇 무슨 말을 할 것 같더니만 바로 그때 새벽 닭이 요란스레 홰를 치자, 그 소리에 그만 질겁을 하고 사라져 버렸습니다.

햄　　릿　참 이상도 하군.

호레이쇼　전하, 절대로 거짓이 아니올시다. 그래서 저희들은 이 일을 왕자님께 아뢰는 것이 옳다고 생각했습니다.

햄　　릿　음, 하지만 내 마음이 어지럽네. 망은 오늘밤에도 서나?

일　　동　예, 섭니다.

햄　　릿　갑옷을 입었다고?

일　　동　예.

햄   릿 머리 꼭대기서부터 발가락까지라고 했지'?

일   동 예, 그렇습니다.

햄   릿 그럼 얼굴은 못 보았는가?

호레이쇼 아, 예, 봤습니다. 마침 투구 앞받침을 올리고 있었으니까요.

햄   릿 그런데 화난 표정이던가?

호레이쇼 화난 얼굴이라기보다는 왠지 슬픈 표정이었습니다.

햄   릿 창백하던가, 붉던가?

호레이쇼 아주 창백하던데요.

햄   릿 그래, 자네를 쏘아 보던가?

호레이쇼 예, 뚫어지게 쏘아 보았습니다.

햄   릿 나도 그 자리에 있었더라면…….

호레이쇼 질겁을 하셨게요.

햄   릿 하긴 그랬을 테지. 그래 오래 머물러 있었나?

호레이쇼 그저 천천히 백까지 셀 정도로 머물렀습니다.

마셀러스 더 길어요, 더 길어.

호레이쇼 내가 봤을 때는 그렇게 길지 않았어.

햄   릿 수염은 희끗희끗 세었던가?

호레이쇼 예, 생전시에 뵌 바와 같이 까만 수염에 은발이 섞여 있었습니다.

햄   릿 오늘밤에 나도 망을 서겠네. 혹시 또 나타날지도 모르니까.

호레이쇼 필시 또 나오고말고요.

햄　릿 선친 모습을 하고 나온다면 내가 말을 걸어 보겠어. 가령 지옥이 아가리를 벌리고 침묵을 명령하더라도. 여태까지 모두들 이 일을 발설하지 않은 이상, 이후에도 침묵 속에 묻어 주게. 그리고 오늘밤 무슨 일이 벌어지든지 그저 알아만 두고, 입 밖에 내진 말아 주게. 호의엔 보답할 테니까. 그럼 잘들 가게. 열한시와 열두시 사이에 망대에서 만나세.

일　동 충성을 다하겠습니다.

햄　릿 아니, 피차 우정이야. 그럼 잘들 가게.(일동 절을 하고 퇴장) 아버님 혼령이 갑옷을 입고! 이건 보통 일이 아니다. 무슨 흉계라도 있나 보다. 밤이 기다려지는구나. 하지만 그때까진 꾹 참고 있어야지. 악행은 대지 전체가 은닉해도 사람 눈에 탄로나고 만다지 않는가.(퇴장)

제3장 폴로니어스 저택의 한 방

레어티스와 그의 누이동생 오필리어 등장.

레어티스 짐도 다 실어놓았다. 그럼 잘 있어 오필리어. 그리고 순풍에 선편이 있거든, 잠만 자지 말고 소식 전해줘야 해.

오필리어 오빠는 걱정두…….

레어티스 햄릿 왕자님이 호의 같은 걸 보여 온 모양인데, 그건 다 한때의 기분, 청춘의 혈기란다. 방춘화시(芳春和時)에 오랑캐꽃이랄까. 피기는 일찍 피나 지는 것도 빠르고, 향기로우나 오래 가진 못한다. 순간적 향기, 일시적 위안, 그뿐이야.

오필리어 그래요?

레어티스 그렇단 말이다. 무릇 인간이란 근육과 부피만이 성장하는 것이 아니고, 육체가 성장하면 내부에 있는 마음과 정신도 함께 성장한다. 지금은 왕자님도 널 사랑하겠지. 오직 순정만이 있을 뿐, 순정을 더럽히는 악의나 흉계는 전혀 없을 테지. 그러나 그분의 지위가 지위니만큼 자기 뜻도 자기 뜻이 아니라는 점을 명심해야 한다. 글쎄, 왕자라는 신분은 지배를 받거든. 그러니 평민들과는 달라. 자기 맘대로 할 수 없단 말이다. 일국의 안태가 그분의 선택 여하에 달려 있고 보니, 배필 간택도 자기의 수족이라 할 국민 전체의 찬부에 좌우되어야 한단 말이다. 그러니 너를 사랑한다고 말씀하셔도, 이 나라 국민들의 찬성이 따라야 하는 만큼 특별한 지위에 계시는 분의 말씀쯤으로 알아 두는 것이 현명하다. 그분의 노래에 솔깃해져 정신을 잃고 무턱대고 졸라댄다고 보배 같은 정조를 내주는 날이면 처녀의 몸으로 얼마만한 치욕을 입을 것인가를 생각해 봐라. 애,

오필리어야, 부디 명심해라. 아무튼 애정 뒤에 물러서서 정욕의 화살을 피하란 말이다. 정숙한 처녀는 달님 앞에 얼굴을 내놓는 것조차 망측스럽게 여긴다잖니. 열녀도 중상의 매를 면치 못한다잖니. 봄철의 새싹은 트기도 전에 애벌레한테 먹히며 이슬 어린 청춘의 아침엔 독기 찬 해독을 입기가 쉽다잖니. 그러니 조심함이 상책이다. 청춘이란 상대자가 없어도 저절로 욕정이 일어난단 말이다.

오필리어 오빠의 좋은 말씀, 이 가슴에 망군(望軍)삼아 간직해 두겠어요. 하지만 오빠, 성실치 못한 목사처럼 나에게만 천국으로 가는 길을 가르쳐 주고, 자기 자신은 멋대로 놀아나는 탕아처럼 환락의 꽃밭이나 기웃거리며 내게 한 설교를 잊으면 안 돼요.

레어티스 내 걱정은 마라. 너무 오래 지체했군. (폴로니어스 등장) 아버님께서 오셨네. 축사가 거듭되면 복도 갑절. 좋은 기회다. 작별 인사를 다시 해야지.(무릎을 꿇는다)

폴로니어스 너 아직도 여기 있었느냐? 어서 배를 타거라, 어서. 돛은 바람을 이고 있고, 다들 기다리고 있다. 자, 축복을 받아라.(아들의 머리에 손을 얹는다) 그리고 몇 마디 훈계를 일러 줄 테니, 단단히 명심해 두어라. 알겠니? 마음속을 함부로 입 밖에 내지 말며, 엉뚱한 생각을 행동에 옮기지 마라. 친구는 사귀되 잡스러워선 안 되나, 일단 사귄 친구라면 무쇠 테로 마음속

에 매워 둬라. 그러나 새파란 햇병아리 새끼들과 악수깨나 하
다간 손바닥만 두꺼워진다. 싸움은 하지 말아야 되지만, 일단
하게 되면 상대방이 너를 조심할 정도로 철저히 해둬라. 누구
의 말에나 귀를 기울이되, 네 의견은 삼가라. 즉 남의 의견은
들어 주되 시비 판단은 삼가란 말이다. 의복엔 지갑이 허락하
는 데까지 돈을 써도 좋지만 괴상하게 치장해선 못 써. 값지되
화려해도 안 되고. 의복으로 인품을 알아본다. 글쎄 프랑스
에서 상류 계급이나 세련된 인사들은 이 방면에 탁월하더라.
그리고 빚을 지지도 말고 돈을 빌려 주지도 마라. 돈을 빌려 주
면 돈과 사람을 둘다 잃고, 빚을 지면 절약하는 마음이 무뎌진
다. 무엇보다도 너 자신에 충실해라. 그러면 밤이 낮을 따르듯
이 남에게도 충실한 사람이 된다. 그러면 잘 가라. 자, 훈계가
네 가슴속에 무르익기를 빌겠어.

레어티스 그럼 이만 출발하겠습니다.

폴로니어스 시간이 없다, 가 봐라. 하인들이 기다리고 있다.

레어티스 (일어나면서) 오필리어야, 그럼 잘 있어. 내가 한 말은
잊지 말고.

오필리어 가슴속에 자물쇠를 잠갔으니 열쇠는 오빠가 맡으셔
요.(둘이서 껴안는다)

레어티스 안녕히 계세요.(퇴장)

폴로니어스 애, 오빠가 무슨 말을 하더냐?

오필리어 저, 햄릿 왕자님의 이야기예요.

폴로니어스 음, 그래. 듣자니 왕자님께서 근자에 너한테 자주 들르시고, 너는 너대로 그저 선선히 만나 준다면서? 나에게 조심하라는 뜻으로 일러준 분이 계시다. 그게 사실이라면 난 묵인 못한다. 내 딸로서 체면을 지켜야 할 처지에 분별을 못 하는가 보구나. 대체 둘 사이에 무슨 일이 있었니? 사실대로 말해 봐라.

햄
릿

오필리어 저, 그 어른이 요새 여러 번 애정을 고백하셨어요.

폴로니어스 애정! 허, 이런 험난한 때에 철부지 풋내기 같은 말 좀 보게. 그래 그게 진정이라고 믿느냐?

오필리어 어떻게 생각해야 옳을지요?

폴로니어스 음, 내 가르쳐 주마. 그러한 애정의 표시를 마치 금화인 것처럼 생각하다니, 넌 아직 어린애로구나. 좀더 비싸게 굴어야 한다. 안 그러면 너 때문에 이 아비는 세상 사람들로부터 바보 취급을 당할 거다.

오필리어 저, 그 어른은 진실한 태도로 사랑을 애걸하셨는걸요.

폴로니어스 허, 모르는 말. 기가 막혀.

오필리어 신성한 맹세를 하시며 거짓이 아님도 보증하셨어요.

폴로니어스 그게 바로 새를 잡는 덫이란 말이다. 글쎄 피가 끓어오르면 함부로 맹세를 하는 법. 아가, 그런 불꽃은 열보다 광채를 더 많이 내고, 한참 맹세를 지껄이고 있는 도중에 열이며 광채는 사라지고 만다. 불이면 어디 다 불이너냐. 이제부턴 처녀로서의 몸가짐을 함부로 갖지 말고, 명령엔 그저 응한다는 식이 아니라 좀 도도하게 굴란 말이다. 글쎄, 햄릿 왕자님으로 말하면 나이도 젊고, 너보다는 훨씬 자유로운 분, 그쯤 알고 응대해야 한단 말이다. 요컨대 맹세 같은 건 믿지 마라. 남자의 맹세란 겉빛깔과는 달라. 사치스런 욕망을 달성하고자 말만은 신성한 체, 거룩한 체, 여자에게 불의를 권하는 뚜쟁이 같다고나 할까. 그러기에 더 잘 속는단 말이지. 솔직히 결론을 말해두겠는데 앞으론 잠시라도 왕자님과 애기를 나눠서는 안 된다. 알았지? 내 명령이다. 자, 들어가 보자.

오필리어 아버님 분부대로 하겠어요. (두 사람 퇴장)

제4장 망대 위

햄릿, 호레이쇼, 마셀러스, 한쪽 소탑에서 등장.

햄　릿 바람이 살을 에이는 듯 참 춥구나.

호레이쇼 살이 떨어져 나갈 듯한 매서운 바람입니다.

햄　릿 몇 시나 됐을까?

호레이쇼 아직 자정은 안 된 것 같습니다.

마셀러스 아니오, 지금 열두 시를 쳤습니다.

호레이쇼 그래? 난 못 들었는데. 그럼 망령이 나타날 시각도 가까워졌군.(안에서 나팔 소리와 대포 소리) 저건 무슨 소립니까?

햄   릿 국왕이 철야 축연을 열어 마셔라 부어라 난장판들이라네. 그래서 왕이 포도주를 들이킬 때마다, 저렇게 북을 치고 나팔을 불어서 왕의 건배를 알린다나.

호레이쇼 늘 저렇습니까?

햄   릿 저렇다뿐인가. 나는 이곳 태생이라 이 나라 풍속에 젖어 있지만, 이건 지키는 것보다 깨뜨리는 편이 도리어 명예가 아닐까. 저런 술타령 덕분에 동서 외국인들은 우리를 비난하여 주정뱅이니 돼지니 하며 욕을 하거든. 사실 아무리 공적을 올려 봐도 저래서는 명예의 골수는 다 빼놓고 마는 격이 되지. 개인의 경우에도, 세상에 나올 때 타고 난 약점 같은 것이 있지. 인간 탄생이 제 마음대로 되는 것이 아니니…… 물론 당사자의 잘못이 아니긴 하지만. 또는 어떤 성깔이 좀 지나쳐서 이성의 울타리를 허물기도 하고, 혹은 어떤 습성이 발효하여 세상 관습에 어긋나는 일도 있는데, 선천적이건 후천적이건 무슨 결점을 짊어진 사람들은 아무리 순수한 미덕을 많이 가지고 있어도 그 한 가지 결함 때문에 세상 눈에는 불쾌한 것으로밖에는 안 보이거든. 고귀한 성품도 티끌만한 결점 하나 때문에 의심을 받고 악평을 초래하기 마련이라네.

망령 등장

호레이쇼 전하, 저것 좀 보십시오.

햄   릿 오 하느님, 보호해 주소서! 그래, 그대는 천사냐, 악마냐? 천상의 영기냐, 지옥의 독기냐? 그대 마음속 선악의 의도는 모르겠다만, 아무튼 인간의 탈을 하고 나타났으니 물어 보겠다. 내 그대로 덴마크 왕, 햄릿 왕이라 부르겠다. 자 대답을 해봐라! 죽어서 격식대로 매장된 시체가 어째서 수의를 찢고 나타났는가? 그대를 안치해 둔 무덤이 어째서 그 육중한 대리석 입을 벌리고 시체를 뱉어 놓았는가? 그래, 그대 시체가 다시 완전 무장을 하고 어스름한 달빛 아래 나타나서 이 밤을 처참하게 하는 연유는? 인간의 지혜로 풀지 못할 의문을 던져서 우리의 간을 서늘하게 하는 곡절은 대체 무언지 말해 봐라. 웬일이냐? 어떻게 하란 말이냐? (망령이 손짓한다)

호레이쇼 따라오라고 손짓을 합니다. 전하에게만 무슨 비밀 얘기가 있나 봅니다.

마셀러스 저렇게 정중하게 딴 데로 가자고 손짓을 하는구려. 그러나 따라가지 마십시오.

호레이쇼 가시면 안 됩니다.

햄   릿 여기선 말할 것 같지 않다. 그러니 따라가 보겠다.

호레이쇼 안 되십니다.

햄   릿 어때, 무서울 게 뭐냐? 바늘만큼도 여기지 않는 목숨이야. 내 영혼도 역시 영원 불멸. 무슨 해를 입을쏘냐?

호레이쇼 안 되십니다. 강이라든가 바다로 불쑥 나온 절벽 꼭대기나 그런 위험한 곳으로 전하를 꼬여 무슨 괴물로라도 변해 전하의 이성력을 박탈하여 미치게 하면 어찌 하시렵니까? 생각해 보십시오. 절벽 위에서 저 아래를 내려다보고, 우짖는 파도 소리만 들어도 아무런 동기 없이도 괜히 미칠 것같이 불안해지는 법이랍니다.

햄   릿 여전히 손짓을 하는구나. 자, 따라가겠다.

마셀러스 가지 마십시오, 전하.

햄   릿 놓아라.

호레이쇼 진정하십시오, 못 가십니다.

햄   릿 내 운명이 부르고 있다. 전신의 혈관이란 혈관엔 저 니미아 산중의 사자 힘줄같이 기운이 솟는구나. 저렇게 부르고 있다. 썩 놓지 못하겠느냐! (뿌리치고 칼을 뺀다) 방해하면 목을 벨 테다. 비켜라. 자, 따라가겠다. (망령이 한쪽 소탑으로 사라진다. 햄릿은 그 뒤를 따라간다)

호레이쇼 환상에 홀려서 넋이 나가셨어.

마셀러스 같이 따라가 봅시다. 하라는 대로 가만히 있을 수는 없습니다.

호레이쇼 물론 따라가 봐야지…… 이 일이 어떻게 될 것인가?

마셀러스 이 나라 어딘가가 썩어 있나 보군.

호레이쇼 하느님께 맡길 수밖에.

마셀러스 아무튼 따라가 봅시다. (두 사람, 햄릿 뒤를 따라서 퇴장)

제5장 성벽 밑, 빈터

성문 벽으로 망령 등장, 햄릿은 빠진 칼자루를 십자가 삼아 걸어 나온다.

햄 릿 어디까지 가시오? 더 가진 않겠으니 말을 하시오.

망 령 (뒤를 돌아보면서) 잘 들어 봐라.

햄 릿 흠.

망 령 유황불 타는 지옥의 업화에 몸을 맡길 시각도 얼마 남 지 않았다.

햄 릿 불쌍한 망령!

망 령 동정할 것 없다. 자, 내 얘기나 잘 들어 봐라.

햄 릿 들을 테니 말하시오.

망 령 들으면 원수를 갚아야 한다.

햄 릿 뭐?

망 령 난 네 아비의 혼령이다. 밤이면 한동안 나다니지만,

낮에는 지옥에 갇혀 생전에 저지른 악행이 불에 타 없어질 때까지 참아야 하는 내 운명. 황천의 비밀을 단 한 마디라도 말한다면 네 영혼은 고통을 받고, 젊은 피는 얼어붙으며, 두 눈은 유성같이 튀어나오고, 굽실굽실 엉킨 네 머리카락도 가닥가닥 고슴도치의 털처럼 곤두서리라. 그러나 짐승의 비밀을 인간의 귀에 전할 수는 없다. 들어 보거라! 일찍이 네 아비를 사랑했거든…….

햄   릿 아이고 하느님!

망   령 그 잔악 무도한 암살에 대해 복수해다오.

햄   릿 암살!

망   령 어찌 됐건 암살이란 잔악한 일이며, 그야말로 비열하고 비정한 대 죄악이다.

햄   릿 어서 내용을 말해 주시오. 사랑의 사념처럼 재빨리 원수를 갚으러 날아가겠으니.

망   령 그래야지. 이 말을 듣고도 분개하지 않는다면 황천을 흐르는 망세천 개울 둑에 자라서 그저 썩고 마는 잡초보다도 더 둔한 인간이다. 들어 봐라, 햄릿아. 금원에서 잠들고 있을 무렵 내가 독사에 물려 죽었다고 세상에 알려지고, 이 나라 국민들은 그 조작된 사인에 감쪽같이 속고들 있다만, 여봐라 실은 네 아비를 죽인 그 독사가 지금 왕관을 쓰고 있다.

햄   릿 아, 내 예감이 맞았구나! 역시 숙부가!

망   령 그렇다, 저 생피를 먹고 강간을 하는 날짐승 같은 놈, 요술 같은 지혜와 음험한 재주를 가지고 간사하게 부녀자를 농락하고, 그렇게도 정숙하던 왕비의 마음을 꼬여 그 수치스런 사음을 달성했다. 아, 이 무슨 배신이냐! 백년 가약의 맹세대로 한결같이 사랑해 온 남편의 사랑을 배신하고, 천품이 나와는 비교도 안 되는 비열한 위인하고 배가 맞다니. 정조는 육욕이 천사를 가장하고 와서 유혹을 해도 동하지 않지만, 호색은 천사같이 빛나는 남자와 배필이 되어도 천상의 잠자리에 포식을 하고 썩은 고기를 탐식하게 마련이다. 오, 벌써 새벽 바람이 이나 보다. 간단히 얘기하마. 오후면 늘 하는 버릇대로 그날도 금원에서 마음 놓고 자는데, 그 틈에 너의 숙부가 독약 병을 들고 살금살금 기어와서 살을 뭉그러뜨리는 그 흉악한 헤보나 독약물을 내 귓구멍에 부었다. 이 독약은 사람의 피와는 상극이라 수은과 같이 삽시간에 인체의 전 혈관을 돌아 우유 속에 초가 한 방울 떨어지듯, 맑고 정한 피를 별안간 응결시키고 말았다. 내 피도 그렇게 되어 당장에 보기에도 징그러운 문둥이같이 부스럼딱지가 깨끗한 피부에 솟아났다. 그리하여 나는 낮잠을 자다가 아우 손에 생명과 왕관과 왕비를 일시에 빼앗긴 것이다. 내 죄가 만발한 한창 시절에 목숨을 빼앗겨 성찬식도 못하고, 신부님의 위안도 받지 못하고, 임종도유식(臨終塗油式)도 못 치르고, 참회도 못하고, 온갖 죄상을 머리에 가득 실은 채 하느님의 심판장에 호송되고 말았다. 아, 무섭다, 무서워! 효심이 있거든 그대로 참지 마라. 덴마크 왕의 침실을 패륜 음욕의 자리로 두지 마라. 그러나 아무리 서두를망정 네 어머니에 대해서는 비열한 마음을 먹거나 해칠 생각은 말고 하느님께 맡겨 둬라. 마음속 가시에 찔리도록 내버려 둬라. 그럼 잘 있거라. 반딧불이 희미해지는 걸 보니 날이 새는 모양이다. 잘 있거라. 잘 있거라. 이 아비를 잊지 말아다오. (망령은 땅 속으로 사라지고 햄릿은 넋을 잃고 무릎을 꿇는다)

햄   릿 오, 일월성신이여, 대지여! 또 무엇이 있지? 지옥도 불러내 볼까? 체, 정신을 차려야지, 정신을. 이 육체의 근육아, 그렇게 빨리 늙지 말고, 버쩍 나를 좀 버티어다오. (일어선다) 잊지 말아 달라고? 가련한 망령 같으니, 이 미칠 것 같은 머릿속에 기억력이 자리잡고 있는 한 어찌 잊을까 보냐. 잊지 말라고? 아무렴, 내 기억의 수첩에서 하찮은 기억일랑 싹싹 지워 버리겠다. 책에서 얻은 격언이며 젊었을 때의 관찰에서 얻은 형상이며 싹 지워 버리고, 당신의 명령만을 이 뇌수라는 수첩 속에 간직해 두고 천한 내용들과는 구별하겠어. 그렇고말고, 맹세하지! 그건 그렇고 참 고약한 여자로군! 아니, 그 악당도 악당이지. 얼굴에 미소까지 띠고 있으니!(무엇을 적는다) 옳다. 수첩에 적어 두어야지. 미소를 짓고 있어도 악당은 악당이야. 적어도 덴마크에서는 그럴 수가 없어. 자, 숙부야, 이렇게 딱 적어 둔다. 나 자신의 좌우명인데, '자, 그럼 아버지를 잊지 말아다오.'이다. (무릎을 꿇고 칼자루에 손을 얹고 맹세한다) 이제는 맹세했다. (기도를 올린다)

호레이쇼와 마셀러스, 성문에서 나와 어둠 속에서 햄릿을 부른다.

호레이쇼 전하, 전하!

마셀러스 햄릿 왕자 전하!

호레이쇼 하느님, 전하를 보호해 주옵소서!

햄　　릿 (일어선다) 그렇고말고!

마셀러스 전하!

햄　　릿 휘어이, 휘휘, 여기다! 매야 오너라! (두 사람, 햄릿을 발견한다)

마셀러스 전하, 어떻습니까?

호레이쇼 어떻게 됐습니까, 전하?

햄　　릿 참 놀라운 일이다.

호레이쇼 전하, 말씀해 주십시오.

햄　　릿 안 돼, 누설할 테니까.

호레이쇼 제가요? 천만에요.

마셀러스 저도 물론 누설하지 않습니다.

햄　　릿 그럼 무슨 일인 것 같으냐? 도대체 그런 일을 상상할 수도 있을까? 그래 누설은 않겠단 말이지?

호레이쇼 정말 맹세하겠습니다.

마셀러스 저도 맹세하겠습니다.

햄　릿 덴마크 악당치고 대악당 아닌 놈은 없다니까.

호레이쇼 그 말을 하려고 일부러 망령이 무덤에서?

햄　릿 응, 그렇다. 그러니까 구구하게 더 이상 말할 것 없이, 악수나 하고 헤어지는 게 좋을 것 같다. 자네들도 볼 일이 있을 테지. 누구나 다 각기 볼 일과 할 일이 있는 법이니까. 변변찮으니 역시 나대로 기도하러 가봐야겠어.

호레이쇼 전하, 모두 다 허황된 말씀뿐입니다.

햄　릿 자네의 감정을 상하게 해서 미안해, 정말 미안해.

호레이쇼 감정을 상하다뇨? 천만에요.

햄　릿 (호레이쇼에게) 글쎄, 상할 일이 있어, 정말이야. 사실 이만저만 상할 일이 아니야. 그것만은 말해 주지. 망령과 무슨 얘기를 했는지 궁금하겠지만 그저 참아 두게. (두 사람에게) 그런데 두 사람에게 청이 있는데, 친구로서 그리고 학자와 군인으로서 좀 들어주겠나?

호레이쇼 무슨 말씀이신데요, 전하! 물론 들어 드리죠.

햄　릿 오늘 목격한 사건을 절대 누설하지 말아 주게.

호레이쇼 절대로 누설하지 않겠습니다.

마셀러스 저 역시 절대로 누설하지 않겠습니다.

햄   릿 맹세를 하게.

호레이쇼 맹세코 누설하지 않겠습니다.

마셀러스 저도 맹세하겠습니다.

햄   릿 (칼을 빼 들고) 이 칼에 두고 하게.

마셀러스 이미 맹세했는데요.

햄   릿 이 칼에 두고 어서 해봐.

망   령 (지하에서) 맹세!

햄   릿 아, 망령이 말을 다 하네. 그래, 친구 거기 있나? 저 친구가 땅 속에서 하는 소리 들리지? 어서 맹세를 하게.

호레이쇼 맹세의 문구를 부르십시오.

햄   릿 오늘 목격한 사건을 절대로 누설하지 않는다고 이 칼에 두고 맹세하게. (두 사람, 칼자루에 손을 대고 맹세한다)

망   령 (지하에서) 맹세하라.

햄   릿 그럼 우리 자리를 옮겨 볼까. 이리로들 와서 내 칼자루에 손을 대게. 자, 자네들이 들은 얘기 절대로 누설 않는다고 이 칼에 두고 맹세하게.

망   령 (지하에서) 그 칼에 두고 맹세하라.

햄   릿 잘한다, 두더지 영감! 그렇게 빨리 땅 속을 뚫고 달아날 수 있나! 굉장한 광부로구나. 자, 한 번 더 옮겨가 보세.

호레이쇼 어, 참 기괴하다.

햄   릿 그러니까 귀한 손님으로 알고 환영해 두자고. 이 사람아, 이 천지간에 우리의 철학으로는 도저히 상상조차 하지 못할 별별 일이 다 있는 거야. 그건 그렇고 자, 아까처럼 맹세하게. 신의 가호를 받으려거든. 글쎄 앞으로 내 필요에 따라선 괴이한 행동을 취할는지도 모르는데, 그런 경우 아무리 이상 야릇하게 보일지라도 이렇게 팔짱을 끼거나 또는 이렇게 머리를 흔들면서 까닭이 있다는 듯이 '뭘, 우리도 알고 있어', '물론 설명도 할 수 있지', '입 밖에 내고 싶지 않으니까, 그렇지만', '말해도 좋지만' 등의 어리벙벙한 수작으로 내 신상을 알고 있는 체하지 말아 달라는 말이야. 자, 신명의 가호에 두고 맹세들 하게.

햄
릿

망　　령　(지하에서) 맹세하라.

햄　　릿　고민 말고 진정하시오, 망령 양반! (두 사람, 맹세한다) 그럼, 두 분 잘 부탁하네. 비록 무력한 이 햄릿이긴 하지만, 하느님 덕택으로 장차 자네들 우정에 보답하게 되겠지. 자, 들어들 가세. 신신 부탁이네만 항상 함구무언해 주게. (혼잣말 비슷하게) 이 세계는 지금 난장판이다. 이 무슨 나쁜 인연이냐! 내 그걸 바로잡을 운명을 지고 태어나다니! (두 사람에게) 자, 들어가 보세. (일동, 성문으로 해서 퇴장)

──── 수 주일이 경과한다.

제2막

제1장 폴로니어스 저택의 한 방

폴로니어스와 레이놀도 등장.

폴로니어스 너 이 돈을 레어티스에게 전해 주고 오너라. 이 편지도 함께.

레이놀도 예, 주인님.

폴로니어스 레이놀도야, 너 가서 여간 똑똑히 굴지 않으면 안 된다. 글쎄, 레어티스를 만나 보기 전에 그 행적을 조사해 보라는 거다.

레이놀도 예, 저도 그럴 생각이었습지요.

폴로니어스 음, 잘 생각했어. 우선 조사해 볼 것, 즉 파리에는 어떤 덴마크인들이 와 있는지, 그들은 누군지, 어떤 생활을 어떻게들 하고 있는지, 어떤 친구들과 교제하며 얼마만한 비용을 쓰고 있는지 등등. 글쎄 간접적으로 질문을 해서 상대방이 레어티스를 안다고 하거든, 그때는 이런 세세한 질문보다는 문제의 핵심으로 파고들어 가라. 글쎄, 슬쩍 너도 레어티스를 좀 멀리 알고 있는 눈치를 보이란 말이다. 이를 테면 '그분 아버지를 좀 압니다. 그분 친구들도 좀 압니다. 그분하고도, 아니 그 본인도 알죠.' 하는 식으로…… 알아 듣겠니, 레이놀도?

레이놀도 알아 듣다뿐이겠습니까, 주인님.

폴로니어스 '그 본인도 알죠, 하지만……' 해놓고선 이렇게 계속하란 말이다. '잘은 모릅니다. 하지만 그게 바로 그분이라면 굉장한 난봉꾼입니다. 이러 저러한 버릇이 있지요.' 이렇게. 그 버릇에 대해서는 네 마음대로 꾸며 대려무나. 단 그 애 체면을 손상할 심한 욕은 안 돼. 이 점만은 극히 주의해라. 아, 그야 객지에서 홀아비 살림을 하는 젊은이에게 으레 따라다니는 방탕·난잡·과실쯤은 상관 없지.

레이놀도 이를 테면 투전 같은 것 말입죠, 주인님?

폴로니어스 암, 또 술, 칼부림, 욕설, 싸움, 오입…… 이 정도 같으면 상관없다.

레이놀도 하지만 주인님, 오입이야 어디 체면이 섭니까?

폴로니어스 아냐 상관 없다. 말이야 하기에 달렸으니까. 하지만 그 이상의 오명을 덧붙여서 유명한 색광으로 해선 안 돼. 그건 내 본의가 아니다. 하여튼 험담을 하되 교묘하게 하란 말이다.

글쎄 제멋대로 자란 사람이 어쩌다가 그만 왕성한 원기 폭발로 혈기 왕성하여 버릇없이, 누구나가, 한때, 이런 식으로 말하란 말이다.

레이놀도 하지만 주인님.

폴로니어스 무엇 때문에 그런 일을 하느냐고?

레이놀도 예, 그 이유를 알고 싶습니다.

폴로니어스 음, 내 참뜻은 이렇다. 내 딴엔 참 묘안이라고 생각하는데, 내 아들을 좀 험담해 보란 말이다. 그것도 어쩌다가 말이 잘못 나온 식으로. 그러면 네가 타진하고 있는 그 상대방이 만약 내 아들의 그런 나쁜 짓을 과거에 현장에서 보았다느니 하며 필경 맞장구를 칠 것이다. 이렇게 '글쎄 말이오'라든가, '여보', 또는 '노형' 하든가, 하여튼 그 지방의 말투와 그 사람의 신분에 따라서 적당히 부를 테지만.

레이놀도 예, 그렇습니다.

폴로니어스 그래서 그 사람은 거, 그 사람은 말이야, 아니, 내가 무슨 말을 하려 했지? 분명히 무슨 말을 하려 했는데, 내 어디까지 말했더라?

레이놀도 '맞장구를 치면서.'

폴로니어스 참 그렇지…… 상대방은 이렇게 말할 거야. '나도 그분을 압니다. 어제도 만났습니다. 아니 이러저러한 때에, 이러저러한 사람과 같이 가는 것을 봤습니다. 댁의 말씀마따나

노름을 하고 있습니다. 만취가 되어 있습니다. 정구를 하다가 언쟁을 합디다.' 라든가, 또는 십중팔구, '영업집에 들어가는 것을 봤습니다.' 라고 할 것 아니냐. 영업집, 즉 갈보집 말이다만, 하여튼 그 따위 소리를 할 것 아니냐. 이렇게 거짓 미끼를 던져 진짜 잉어를 낚자는 거지. 만사 이와 같이 지혜와 선견지명이 있는 사람들은 으레 간접적 방법을 가지고 직접 사실을 알아내는 법이다. 그렇게 하면 틀림없이 내 아들의 행적을 알아낼 수 있을 것이다. 어때, 알아들었니, 응?

햄릿

레이놀도 예, 잘 알았습니다.

폴로니어스 그럼, 잘 다녀오너라.

레이놀도 예, 주인님. 안녕히 계십시오.

폴로니어스 네 눈으로 내 아들의 동정을 잘 살펴봐라.

레이놀도 예, 염려 마십시오.

폴로니어스 실컷 제멋대로 놔 두고서 말이다.

레이놀도 예, 잘 알았습니다.

폴로니어스 그럼, 가 봐라. (레이놀도는 퇴장, 오필리어가 허겁지겁 들어온다)

폴로니어스 애, 오필리어, 어쩐 일이냐?

오필리어 오 아버지 큰일 났어요, 무서워요!

폴로니어스 아니 대체 무슨 일로?

오필리어 글쎄 제 방에서 바느질을 하고 있는데, 느닷없이 햄릿 왕자님이 옷사락을 풀어헤치고, 모자도 안 쓰고, 더러워진 양말을 밴드도 매지 않아 발목까지 흘러 내리고, 백지장같이 창백한 안색을 하고서, 두 무릎을 와들와들 떨면서 달려드는데, 그 얼굴을 차마 볼 수가 없었어요. 마치 지옥에서 빠져나와 무서운 얘기를 하러 나온 것만 같았어요…… 그렇게 제 앞에 느닷없이.

폴로니어스 네 사랑 때문에 미치신 것 아니냐?

오필리어 모르겠어요. 아마도 그런 것 같아요.

폴로니어스 그래, 뭐라고 하시더냐?

오필리어 제 손목을 잡더니 꼭 붙든 채 팔 길이만큼 뒤로 물러서서, 한쪽 손으로 이렇게 이마를 가리면서 마치 화상이라도 그리려는 듯 제 얼굴을 유심히 들여다보기 시작하잖겠어요. 한참 그러고 나더니 나중엔 제 팔을 좀 흔들고 자기 머리를 이렇게 세 번 끄덕하면서 한숨을 푹 내쉬는데 어찌나 처량하고 심각한 한숨이던지, 그분의 전신은 부서지고 숨이 끊어지는 것만 같았어요. 그러고 나서야 손목을 놓아 주셨지요. 그리고 어깨 너머로 이쪽을 지켜보며 문 쪽으로 걸어 나가는데, 눈으로 보지 않고 앞길을 찾아가는 모양인지 끝까지 제 얼굴만 빤히 보시잖아요.

폴로니어스 자, 같이 가자. 가서 전하께 아뢰야겠다. 이것이 바로 사랑의 광증, 그 힘이 발작하면 스스로 제 몸을 망치고, 마

48

침내는 의지를 잃고 어떠한 무모한 짓이라도 할지 모르거든. 원래 인간의 본성을 해치는 모든 격정이 다 그러하지만, 이 사랑이란 것은 각별하단다. 아무튼 가엾다…… 그런데, 너 요새 그 어른께 무슨 박정한 말이라도 했니?

오필리어 아뇨. 다만 아버님 분부대로 편지를 돌려 보내고, 찾아오지 마시라고 거절했을 뿐이에요.

폴로니어스 과연 그렇다. 그래서 실성하신 거다. 참 안 됐구나. 내가 좀더 자세히 주의해서 살펴볼 것을 그랬네. 글쎄 그분이 일시적인 객기로 네 일신을 망치려는 줄만 알았는데 그만 이렇게 되고 보니 내 의심이 원망스럽다. 참, 우리 늙은 사람들은 무엇이나 지나치게 생각하는 것이 탈이거든. 그러고 보니 젊은 이들이 지각이 없는 것도 탓할 수 없게 됐어. 자, 전하께로 가 보자. 불가불 이 사실을 말씀드려야 하겠다. 사실대로 가서 말씀드리면 노여움을 받을지도 모르나, 비밀로 해두었다간 후에 화근이 될 것이다. 자, 어서. (두 사람 퇴장)

제2장 궁성 안, 알현실

정면 입구 뒤쪽은 낭하가 있고, 입구 좌우는 막이 내려져 있으며, 그 안쪽에 문이 달려 있다. 나팔 소리. 왕과 왕비가 로젠크랜츠, 길

덴스턴, 정신들을 거느리고 등장

왕 어, 로젠크랜츠와 길덴스턴! 오래전부터 만나고 싶었지만, 또한 수고를 끼칠 일이 있어 이렇게 급히 두 사람을 청했다. 어느 정도 이야기는 들었을 테지. 왕자가 영 다른 사람이 되고 말았다…… 글쎄, 외모로나 정신적으로나 이전과는 전혀 다르다. 대체 어째서 그렇게 된 것인지, 원, 그렇게까지 지각을 잃다니……. 그 원인은 선친을 여읜 때문이라는 것밖에 나로서는 상상조차 할 수 없는 노릇이다. 너희들에게 좀 청이 있다. 어려서부터 왕자와 같이들 자라다시피 해서 왕자의 젊은 기질을 숙지하고들 있을 터이니, 잠시 이 궁성에 머물면서 왕자의 벗이 되어 즐거운 오락을 권해도 보고, 기회가 허락하는 대로 살펴봐 주기를 부탁한다. 글쎄, 의외의 병집에 고민하고 있는지도 모르는 일이니, 그 원인을 탐지해 내면 치료해 줄 방법도 있을 것 아니냐.

왕 비 왕자는 줄곧 두 분 말씀만을 한다오. 두 분처럼 왕자가 간절히 사모하는 벗이 어디 또 있을라고. 잠시 이곳에서 지내면서 힘이 돼 준다면 얼마나 고마울지 모르겠소. 이렇게 일부러 찾아준 데 대해 전하께서는 잊지 않고 응분의 보답을 하실 것이오.

로젠크랜츠 두 분 폐하께옵선 지상의 대권을 가지고 성령대로 명령하시옵소서. 부탁이라니 황공하기 짝이 없습니다.

길덴스턴 신들은 물론 분부대로 분골쇄신 충성을 다할 것입니다.

왕 아 고마운 말이다, 로젠크랜츠와 길덴스턴.

왕 비 길덴스턴과 로젠크랜츠, 그러면 두 분께선 몹시도 변한 왕자를 찾아가 주오. 누구 두 분을 왕자님 계시는 곳으로 안내해 드려라.

길덴스턴 저희들의 체류와 충성이 왕자 전하께 위로가 되고 도움이 되길 빌 따름입니다.

왕 그만 가 보아라. (로젠크랜츠와 길덴스턴, 절을 하고 퇴장)

폴로니어스 등장, 왕에게 이야기한다.

폴로니어스 전하, 사절 일행이 노르웨이로부터 만족할 만한 결과를 가지고 돌아온 것을 아뢰오.

왕 아, 경은 언제나 기쁜 소식을 가져 오는 사람이군.

폴로니어스 과연 그럴까요? 그야 신의 의무입죠, 평소 하느님께나 은혜 깊은 전하께나 전심 충성을 다하는 것은. 그런데 대강 알아낸 것 같사온데, 혹시 틀렸다면 이 머리도 이제는 늙어서 전과 같이 국시에 대해 냄새를 잘 맡지 못하는 줄로 아룁니다. 다름이 아니오라 드디어 바로 알아낸 줄 아뢰오. 왕자 전하의 광증의 진인을 말이옵니다.

왕 아, 어서 말해 보오. 참으로 궁금하던 바였소.

폴로니어스 먼저 사신들을 배알하십시오. 신의 정보는 그저 성
찬 후의 입가심이나 될까 하옵니다.

왕 그럼 경이 친히 가서 사신들을 만나시오.(폴로니어스 퇴장)
여보 왕비, 재상 말이 햄릿의 실성의 진인을 알아냈다는구려.

왕 비 알아냈다 하지만, 선친의 승하와 우리의 벼락 같은 결
혼, 이밖에 진인이라야 뭐 다를 게 있을까요.

왕 좌우간 알아봅시다.

폴로니어스가 볼티먼드와 코닐리어스를 데리고 등장.

왕 경들의 귀국을 환영하오. 그래, 볼티먼드, 우방 노르웨이 왕
의 회답은?

볼티먼드 폐하의 친서에 대하여 지극히 정중한 답사였습니다.
(두 사람, 인사를 한다) 신들의 첫 제안에 즉시 신하를 파견하
여, 조카 포틴브라스의 모병을 중지시켰습니다. 그 모병은 처
음에는 폴란드 원정 준비인 줄만 알았는데, 조사해 본 결과 사
실은 폐하에 대한 음모였다는 것이 판명되었습니다. 노쇠하여
병상에 누워 무력함을 기화로 감쪽같이 기만을 당하다니 이 얼
마나 원통한 일인가 하고 분하게 생각하여 중지 명령을 내렸

고, 포틴브라스는 즉시 복종하여 모병을 중지했습니다. 그리고 노왕의 대단한 힐책을 받고 결국 차후 다시는 덴마크 왕가에 대해 감히 무력 행사를 꾀하지 않을 것을 숙부 어전에서 맹세했습니다. 그래서 노왕은 지극히 만족하여 연금 6만 크라운에 해당하는 토지를 봉하고, 기왕에 모집한 군대는 폴란드 원정에 써도 좋다는 권한을 주었습니다. 이와 동시에 노왕으로부터의 의뢰는, 이 국서에 자세히 씌어 있는 바와 같이(편지를 왕 앞에 바치면서) 군대의 덴마크 영토 통과를 승인해 주시기 바란다는 것입니다. 영토 통과에 있어 이쪽의 치안과 그쪽의 행동 규율, 기타 조건에 관해서는 이 국서에 자세히 씌어 있습니다.

왕 (편지를 받으면서) 음, 국서는 차후 적당한 틈을 타서 검토해 보고, 신중히 고려한 연후에 회답을 하겠소. 경들의 활약을 치하하오. 물러가서 쉬도록 하오. 저녁에는 연을 베풀겠소. 귀국을 충심으로 환영하오! (볼티먼드와 코닐리어스, 절을 하고 퇴장)

폴로니어스 이번 일은 원만히 매듭지었습니다. 그런데 전하, 대저 국왕의 주권은 모름지기 어떠해야 하며, 신하의 본분은 무엇이며, 어째서 낮은 낮이고 밤은 밤이며, 시간은 시간인가 등의 문제를 따지는 것은 공연히 밤과 낮의 시간을 허비하는 것뿐이 안 됩니다. 그러니 무릇 간결은 지혜의 본질이요, 장황함은 그 수족과 외식(外飾)인고로, 간단히 아뢰겠습니다…… 햄릿 왕자께서는 실성한 것이올시다. 예, 그렇습니다. 왜 그런고

하니, 진짜 실성의 성질을 규명할진대, 요컨대 정말 실성한 것
이라는 사실 외에는 아무것도 아니라는 것밖에요. 뭐, 그건 그
만해 두고……

왕　　비　핵심을 좀 말하시오, 수다는 그만 떨고.

폴로니어스　원 왕비마마, 신이 수다를 떠는 것은 결코 아닙니
다. 왕자님의 실성, 그건 사실입니다. 사실이라 유감이며, 유감
이지만 사실입니다. 어리석은 구변, 이젠 그만하겠습니다. 글
쎄 수다를 떨 생각은 추호도 없으니까요. 그런데 왕자님의 실
성, 일단 그렇게 단정키로 하고, 그러면 남은 문제는 이러한 결
함의 원인을 알아내는 일이잖겠습니까. 이러한 결과에는 반드
시 원인이 있게 마련이거든요. 그런데 남은 문제는, 신중히 고
려하시옵소서. (옷 속에서 몇 장의 종이쪽지를 꺼낸다) 신의 딸
년이, 분명히 딸년임에 틀림없습니다만, 글쎄 이 딸년이 아비
에 대한 효도심에서, 자 보십시오, 이런 것을 내놓잖겠습니까.
부디 잘 관찰해 보십시오. (햄릿의 편지를 읽는다) '천사 같은
내 영혼의 우상, 가장 미화(美花)된 오필리어'…… 문투가 졸렬
합니다. 게다가 악취미고, '미화된' 이건 악필입니다. 하여튼
들어 보십시오, 이렇습니다. (읽는다) '당신의 미묘하고 순백한
가슴속에, 이 편지를……'

왕　　비　그래, 이 편지가 햄릿으로부터 오필리어에게로?

폴로니어스　잠깐만 왕비마마, 전부 읽어 드리겠습니다.

성신이 불인 것을 의심하고 태양이 움직인다는 진실을 허위라
의심해도 당신을 사랑함은 의심 마오.

아 사랑하는 오필리어, 나는 운율에 서투른 사람이라, 사랑의
고민을 시로 잘 읊어내는 위인이 못 됩니다. 그러나 나는 당신
을 가장 많이, 이루 형용할 수 없으리만큼 사랑하고 있습니다.
이것만은 믿어 주십시오. 총총. 아리따운 여인에게, 이 육체가
살아 있는 한 영원히 당신의 종인 햄릿.

해
릿

이 편지를 딸년은 분부대로 아비에게 내놓았습니다. 뿐만 아니
라 둘이서 어느 때 어디서 어떻게 정담을 가졌는가도 전부 아
비 귀에 고백했습니다.

왕 그럼 오필리어는 어떻게 생각하오, 왕자의 사랑을?

폴로니어스 전하, 신을 어떻게 생각하십니까?

왕 물론 충성 결백한 인물인 줄 아오.

폴로니어스 제발 그런 인물이 되고자 희망하는 바입니다. 그런
데 전하께서는 어떻게 생각하셨습니까? 신은 날개를 단 이 불
같은 사랑을 보았을 때 실은 딸년이 고백하기 훨씬 전부터 눈
치챘습니다만, 마치 책상이나 공책 모양으로 벙어리처럼 우두
커니 방관했다면 어떻게 생각하십니까, 전하 그리고 왕비마마?
아니올시다, 소신은 즉시 손을 써서 딸년에게 이렇게 타일렀습

죠⋯⋯ '햄릿 공은 왕자의 신분, 네게는 하늘의 별이다, 그건 도저히 안 될 일이다.' 그러고 나서 앞으로는 그분 출입 장소로부터 몸을 피할 것, 심부름 온 사람들도 들이지 말고 선물도 받지 말 것, 이렇게 타일렀습니다. 딸년은 물론 이 말대로 실행하여 훈계의 덕을 봤지요. 그러나 이렇게 거절당한 왕자님께서는 간단히 사뢰겠습니다만, 비탄에 빠져 단식에다 밤이면 불면, 다음엔 쇠약과 방심, 이렇게 차츰 전락하여 마침내 지금같이 우리가 다 슬퍼하는 바 저렇게 실성하시고 만 것입니다.

왕 왕비는 어떻게 생각하오?

왕 비 글쎄, 그런지도 모르겠어요, 십중팔구.

폴로니어스 지금까지 신이 단정적으로 말씀 아뢰어서, 그렇지 않은 때가 대체 한 번이라도 있었습니까? 좀 알고 싶습니다.

왕 아마 없는가 보오.

폴로니어스 만약 그렇지 않은 경우는 (자기 머리와 어깨를 가리키며) 이 머리를 칼로 쳐주십시오. 그저 실마리만 붙잡으면 사리의 진상을 알아내겠습니다. 설사 그것이 지구 한복판에 묻혀 있다 할지라도 말입니다.

이때 햄릿이 정면 입구로 해서 복도로 들어온다. 허름한 옷차림으로 들어오면서 책을 읽고 있다. 실내에서 말소리가 들려오자 잠깐 멈춰 서서 커튼 뒤에 은신한다.

왕 좀더 깊이 알아볼 길은 없는가?

폴로니어스 아시다시피 왕자님은 종종 저 복도를 여러 시간 왔다갔다 하시는 일이 있습니다.

왕 참 그렇지.

폴로니어스 그런 때를 노려서 딸년을 내보내 볼까 합니다. 그리고 우리는 방창 뒤에 숨어, 두 사람이 만나는 모양을 살펴보기로 하면 어떻겠습니까? 만약 왕자님이 딸년을 사랑하는 것이 아니고, 따라서 그 사랑 때문에 정신에 이상이 생긴 것이 아니라면 신은 보필의 임무에서 벗어나 시골에 가서 마소를 상대로 농사나 짓겠습니다.

왕 아무튼 시험해 봅시다.

햄릿, 책을 읽으면서 걸어나온다.

왕 비 아, 저것 좀 보세요. 가엾은 햄릿, 슬픈 낯을 하고 뭘 읽으며 오는군요.

폴로니어스 어서, 저리들…… 신이 말을 걸어 보겠습니다. 아, 어서들 피하십시오. (왕과 왕비, 황망히 자리를 떠난다) 왕자 전하, 문안 드리옵니다.

햄   릿 어, 안녕하신가?

폴로니어스 전하, 저를 아시겠습니까?

햄   릿 알고말고, 포주 양반 아닌가.

폴로니어스 아니올시다, 전하.

햄   릿 아, 그게 아니라면 포주만큼이나 정직한 인간이 돼 보게.

폴로니어스 정직한 인간이라뇨?

햄   릿 암, 요즘의 세상 형편 같아서는, 정직한 인간이란 만 명에 한 명 뽑혀 나오는 정도랄까.

폴로니어스 딴은 그렇습니다.

햄   릿 글쎄, 태양이 만약 개 송장에다 구더기를 끓게 하는 경우, 이건 썩은 살에도 키스는 좋다는 격이지 뭔가…… 그런데 자네, 딸이 있는가?

폴로니어스 예, 있습니다.

햄   릿 너무 햇빛에 나와 다니지 않게 해. 글쎄, 세상을 인식하는 건 좋은 일이지만 임신하게 되면 큰일이거든. 하니 조심하게, 친구. (다시 눈을 책으로 돌린다)

폴로니어스 (방백) 저것 봐, 어떤가? 여전히 내 딸 타령 아닌가. 그렇지만 처음엔 날 몰라보고 포주 양반이라 했겠다. 몹시 돌았는데, 돌았어. 그야 나도 젊어선 상사병에 고민하잖았는가, 거의 저만큼이나…… 한번 더 말을 걸어 보자…… 전하, 뭘 읽고 계십니까?

햄   릿 말, 말, 말.

폴로니어스 어떤 내용이냔 말씀입니다.

햄   릿 뭐, 누구와의 내용이냐고?

폴로니어스 아뇨. 지금 읽고 계시는 책의 내용이 무어냔 말씀입니다.

햄   릿 (폴로니어스에게 대들 자세이다. 폴로니어스 엉거주춤 물러선다) 미친 풍자가인 모양인데 여기 뭐라 했는고 하니, 늙은이들은 수염이 희고, 얼굴은 주름살투성이며, 눈에는 진한 호박색 살구나무진 같은 눈곱이 흘러나오고, 노망해서 정신력이 아주 부족한데다가 무릎은 영 힘이 없고…… 일일이 극히 지당한 말이지. 그렇다고 이렇게 써내는 것은 좀 점잖지 못하지. 자네만 하더라도 이 햄릿 같은 나이가 될 것 아닌가. 게처럼 뒤로 기어갈 수 있게 되는 날엔. (다시 책을 읽기 시작한다)

해
릿

폴로니어스 (방백) 돌긴 돌았는데, 말에 조리는 있거든. (큰 소리로) 전하, 바깥 공기는 해롭습니다. 안으로 들어가십시오.

햄   릿 내 무덤 안으로 말이지.

폴로니어스 (방백) 참으로 세속의 공기를 면하려면 그곳밖에는…… 간혹 대답이 기가 막힐 정도로 의미심장하군. 가끔 가다 미치광이의 정확한 한 마디, 건전한 이성을 가지고도 어림없는 명구를 토하거든. 그럼 이만해 두고 이제 내 딸년과 만나는 장면을 궁리해 보자. (큰 소리로) 전하, 죄송합니다마는 이제 물러가겠습니다.

햄　　릿　어서 물러가라. 내가 선선히 내줄 것은 그 허락밖에 없으니. 내 생명은 안 돼, 안 돼 안돼.

폴로니어스　그럼 안녕히 계십시오. (절을 한다)

햄　　릿　에라, 이 꼴보기 싫은 늙은이!(다시 책을 들여다본다)

로젠크랜츠와 길덴스턴 등장.

폴로니어스　햄릿 공을 찾아가는 길이지? 저기 계시네.

로젠크랜츠　(폴로니어스에게) 안녕히 가십시오! (폴로니어스 퇴장)

길덴스턴　왕자 전하, 문안 드립니다.

로젠크랜츠　왕자 전하, 참 오랜만입니다.

햄　　릿　(쳐다보면서) 이거 참 반가운 친구들이로군! 요즘 어떻게 지내는가, 길덴스턴? (책을 덮는다) 아, 로젠크랜츠도! 그래 요즘 자네들 형편이 어떤가?

로젠크랜츠　뭐, 그저 그렇죠.

길덴스턴　너무 복이 많은 것도 탈이라서…… 저희들은 행운의 여신의 족두리의 첩지는 아닙니다.

햄　　릿　그렇다고 신발창도 아니란 말이지?

로젠크랜츠　예, 그렇지요.

햄　　릿　그럼, 허리께쯤 되는가? 글쎄 가운데쯤에서 여신의 총

애를 받고 있단 말인가?

길덴스턴 아, 예, 은밀한 가운데서 받고 있습니다.

햄 릿 뭐, 여신의 은밀한 가운데서 받아? 그럴 테지, 행운의 여신은 음부(淫婦)니까. 그런데 무슨 소식이라도?

로젠크랜츠 없습니다. 다만 세상이 정직해졌다는 것밖에는.

햄 릿 그렇다면 말세도 가까워진 게로군. 하지만 그런 소식은 믿을 수 없어. 좀 조목조목 물어 보겠는데, 그래 행운의 여신께 무슨 죄를 지었기에 이렇게 이 나라의 감옥살이를 하게 됐나?

길덴스턴 감옥이라뇨!

햄 릿 덴마크의 감옥이란 말일세.

로젠크랜츠 그렇다면 이 세계도 감옥이게요.

햄 릿 아, 물론 훌륭한 감옥이고말고. 그 안에는 독방도 있고, 감방도 있고, 토굴도 있지. 그 중에서도 덴마크는 가장 지독한 감옥이지 뭔가.

로젠크랜츠 설마, 그럴 리야.

햄 릿 응, 그렇다면 문제는 없지. 원래 나쁜 것은 다 생각할 나름이니까. 하지만 이 햄릿에게는 덴마크가 감옥이란 말일세.

로젠크랜츠 그야, 전하의 큰 뜻이 그렇게 만드는 게죠. 딴은 대망을 품고 계시는 분에게 덴마크는 너무나 협소하겠지요.

햄 릿 천만에! 나는 이 호도껍질 속에 갇혀 있어도 나 자신을 무한한 천지의 왕자라 생각할 수 있는 사람일세. 나쁜 꿈만 꾸지 않는다면.

길덴스턴 그 꿈이 실은 대망이란 겁니다. 글쎄 대망의 실체(實體)는 꿈의 그림자에 지나지 않거든요.

햄 릿 아냐, 꿈 자체가 그림자에 지나지 않는 걸세.

로젠크랜츠 지당하신 말씀입니다. 대망이란 건 사실 공기같이 허무한 것이라서, 결국은 그림자의 그림자에 지나지 않는 듯싶습니다.

햄 릿 그렇다면 거지야말로 실체이고, 왕후의 꺼덕대는 호걸들은 거지의 그림자가 되는 셈이지…… 그건 그렇고 참내(參內)나 해볼까? 사실 이 문제는 내 재주로 따질 수 없으니까.

로젠크랜츠 저희들이 모시고 가지요.

길덴스턴 그게 좋겠습니다.

햄 릿 원 별 말을 다하네. 자네들을 하인 취급해서야 쓰겠는가? 사실이지, 요즘엔 지긋지긋 뒤를 따라다니는 하인들 등살에 못 살겠어…… 그런데 무슨 일로 이 엘시노어엔? 농담은 말고 친구답게 좀 얘기해 주게나.

로젠크랜츠 전하를 심방하는 일이옵니다. 다른 목적은 전혀 없습니다.

햄 릿 나는 지금 거지 꼴이라, 치하에도 궁색한 처질세. 그러나 아무튼 감사하네…… 이거 너무 값비싼 치하가 되지 않았

나. 자네들 혹시 누가 불러서 온 것이 아닌가? 아니면 자네들의 자의에서 온 것인가? 그저 자유스런 방문인가? 자, 바로들 말해 보게. 자, 자, 사양들 말고.

길덴스턴 글쎄, 뭐라고 말씀드려야 좋을지?

햄   릿 아, 왜 요점만 비켜 놓고 뭐든지 대답해 보지…… 말하게, 자네들은 누가 불러서 왔지? 안색에 벌써 나타나 있거든. 딴전을 부릴 만큼 자네들은 교활하지 못하지. …… 다 알고 있어. 왕과 왕비가 불러서 왔지?

로젠크랜츠 불러서 오다니, 무슨 목적으로요?

햄   릿 그거야 자네들이 대답할 일이지. 친구지간이 아닌가. 청춘을 같이 자라 왔고, 영원한 우정을 맹세한 사이지. 아냐 또 있어. 좀더 구변 좋은 사람 같으면 뭐라고 할 수 있으련만. 하여튼 이보다는 좀더 신성한 그 무엇으로 봐서도…… 내가 묻는 것에 솔직히 대답하게. 자네들은 누군가 불러서 온 거지, 그렇지 않는가?

로젠크랜츠 (길덴스턴에게 방백) 어떻게 할까?

햄   릿 (방백) 누가 속을까 보냐! (큰소리로) 친구지간이 아닌가, 그렇게 쉬쉬 하지 말게나.

길덴스턴 전하, 실은 불러서 왔습니다.

햄   릿 그 이유는 내가 말하지. 이렇게 내가 앞질러 말해 두면, 자네들은 왕과 왕비에 대한 비밀을 누설했다는 오명을 털

끝만큼도 쓰지 않을 것 아닌가. 웬일인지 까닭도 모르게 근자에 내가 만사에 흥취를 잃어버리고 평소에 즐겨하던 운동 경기도 다 포기하게 됐지. 항상 이렇게 심사가 우울해져서 이렇듯 수려한 산천 대지도 황량한 곳처럼 느껴지고, 저 대기, 글쎄 머리 위의 찬란한 창공, 황금의 별들로 아로새긴 장엄한 천장, 바로 저것이 무슨 독기 덩어리같이만 보이거든…… 그리고 이 인간…… 참으로 천지 조화의 오묘, 이성은 숭고하고 능력은 무한하며, 그 단정한 자태에다 감탄할 운동, 천사 같은 이해력에다 흡사 신과 같고, 세상의 꽃이요, 만물의 영장이로다. 이와 같은 인간, 이 물질의 정수가 내게는 먼지로밖에 보이지 않거든. 인간의 꼴이 보기 싫어. 여자, 여자의 꼴도 보기 싫어. 자네들 웃는 것을 보니 그렇지 않은 모양이지.

로젠크랜츠 추호도 그런 생각은 없습니다, 전하.

햄   릿 그럼 왜 웃었는가? '인간의 꼴이 보기 싫다.'고 내가 말했을 때?

로젠크랜츠 다름 아니라 인간이 꼴보기 싫으시다면 배우들은 얼마나 박대를 받을까 하는 것을 생각하고 그랬습니다. 실은 오는 도중 배우 일행을 앞서 만나고 왔습니다만, 그들은 전하께 연극을 보여 드리려고 지금 이리로 오고 있는 중입니다.

햄   릿 그야 환영해 주지. 국왕 역에 대해서는 특별히 찬사를 아끼지 않을 테다. 무예 수련하는 기사 역에는 검과 방패를 실

컷 휘두르게 놓아 줄 테야. 애인 역의 탄식에 대해서는 상을 줄
테다. 풍자 역도 끝까지 하도록 내버려두고, 어릿광대 역 보고
는 잘 웃는 사람들의 허파를 터뜨려 놓게 할 테다. 귀부인 역
보고는 자유롭게 그 심중을 토로하게 할 테다. 그렇지 않고서
는 연극 대사가 술술 나오지 못할 테니까. 그런데 대체 그들이
어떤 배우들인가?

로젠크랜츠 전하께서도 평소 즐겨하시던 바로 그 도시의 비극단
입니다.

햄　　릿 어떻게 해서 지방 순회를 다하게 됐을까? 도시에 상주
하는 편이 명성이나 수입, 어느 모로 봐서나 나을 텐데.

로젠크랜츠 아마 최근의 사건 때문에 공연이 금지되어 있나 봅
니다.

햄　　릿 그전처럼 도시에서의 평판은 여전한가? 그때 보니 사
람들이 뒤를 줄줄 따라다니곤 하던데.

로젠크랜츠 도저히 그때만은 못합니다.

햄　　릿 왜 그럴까? 벌써 녹이 슬었나?

로젠크랜츠 아닙니다. 그들의 노력은 여전합니다. 그러나 최근
매새끼라는 어린 애송이 배우들이 나타나서 시비조로 고함을
지르는데, 맹렬한 박수 갈채를 받는답니다. 이런 것이 그만 대
유행이 되고, 예전과 같은 극은 보통 극이라 하여 함부로 욕설
들을 합니다. 그래서 제법 칼을 찬 양반네들도 극작가의 붓대

가 무서워 재래 극장에는 감히 출입을 못하는 형편입니다.

햄   릿 뭐, 애송이 배우라고? 그래, 그 경영주는 누군가? 보수는 어느 정도고? 변성이 되기 전까지밖에 배우 노릇을 않는단 말인가? 그 애들도 자라면 보통 배우가 될 텐데. 하기야 딴 세계가 마련되면 별문제지만. 하여튼 그렇지 못하는 경우에는 결국 자신들의 장래를 저주하는 격이 되겠는데, 어쩌면 후에 극작가를 원망하게 되지 않을까?

로젠크랜츠 그러기에 쌍방에 상당한 시비도 일어났답니다. 게다가 세상 사람들 또한 염치 없이 그 싸움에 불을 지르는 실정입니다. 그래서 한때는 극작가와 배우 사이에 언쟁이 벌어지는 장면이 없는 각본은 팔리지 않을 정도였습니다.

햄   릿 사실인가, 그게?

길덴스턴 사실이다뿐입니까, 굉장한 언쟁을 했답니다.

햄   릿 그래, 결국 애송이 배우들이 이기는가?

로젠크랜츠 예, 물론이죠. 뭐 극장이랄 것 없이 모두 다 그 모양입니다.

햄   릿 딴은 그다지 괴상할 것도 없지. 이를테면 내 숙부는 현재 덴마크 왕인데, 선왕 생존 시 같으면 숙부를 멸시하던 사람들이 지금에 와서는 임금님의 초상화라 하여 조그만 그림 한 장에도 20더커트, 40더커트, 100더커트씩 돈을 척척 내고 사는 세상이니까. 제기랄, 이 부조리, 철학자인들 어디 설명할 수 있을라고.

나팔 소리 들린다.

길덴스턴 아, 배우들이 도착한 모양입니다.

햄   릿 하여튼 자네, 잘 왔네 이 엘시노어에. (머리를 숙이면서 인사를 한다) 뭐, 손을? 자, 그럼. 환영엔 마땅히 예법이 따라야 하니까. 그러니 자 악수하세. (두 사람과 악수를 한다) 내가 배우들을 더 정중히 환영한다고 오해하면 안 되거든. 글쎄 미리 말해 두지만, 그들에겐 어느 정도 환영을 표해야 하니 말일세…… 정말 잘들 왔네. 그렇지만 내 숙부님 겸 아버님과 숙모님 겸 어머님은 속고 계시거든.

길덴스턴 속다뇨, 무엇을?

햄   릿 글쎄, 내 광증은 북서풍일 때만이거든. 그리고 남풍일 때는 멀쩡하고. 매와 창로(蒼鷺)쯤은 구별할 수 있거든.

폴로니어스 아, 이보게!

햄   릿 (폴로니어스가 오는 것을 보고 두 사람에게) 이크, 길덴스턴, 그리고 자네도, 귀를 좀 이리…… 저기 저 커다란 갓난아기는 아직도 기저귀 신세를 못 면하고 있다네.

로젠크랜츠 아마도 두 번째 어린아이가 됐나 보죠. 늙으면 다시 어린애가 된다고 하니까.

햄
릿

햄   릿 두고 봐. 배우들이 왔다고 얘기할 테니. (큰소리로) 자네 말이 맞았어. 월요일 아침이었지, 참 바로 그랬어.

폴로니어스 전하, 반가운 소식이 있습니다.

햄   릿 음, 그래 반가운 소식이 있지…… 그 옛날, 로시어스가 배우였을 때…….

폴로니어스 배우들이 지금 도착했습니다.

햄   릿 음, 음!

폴로니어스 사실 말씀이…….

햄   릿 '그때 배우들이 각기 노새를 타고 왔도다.'

폴로니어스 천하의 명배우들입니다. 비극, 희극, 역사극, 전원극(田園劇)은 물론, 전원 희극, 역사 전원극, 비극적 역사극, 희극적 역사 전원극, 기타 고전물, 신작물 할 것 없이 모든 것에 다 뛰어납니다. 세네카의 비극을 공연하되 너무 엄숙히 빠지는 법도 없고, 플르투스의 희극이라고 해서 너무 경박에 흐르는 법도 없고, 극작가의 법칙이 지켜진 각본이나 자유분방한 즉흥극에 능수능란합니다.

햄   릿 아, 이스라엘의 사사(士師), 딸을 제물로 바친 에프터여, 그대는 얼마나 소중한 보배를 가졌는가!

폴로니어스 보배를 가졌다뇨, 어떤 보배를?

햄   릿 아, 왜 노래 있잖는가. '무남 독녀 귀여운 딸, 아비 이를 애지중지하였도다.'

폴로니어스 (방백) 여전히 내 딸 타령이구나.

햄   릿 내 말이 옳지 않은가, 늙은 에프터?

폴로니어스 저를 에프터라고요? 예, 그렇다면 애지중지하는 딸
년이 하나 있긴 있습니다.

햄   릿 아니, 노래 문구는 그렇게 돼 있지 않아.

폴로니어스 그럼 어떻게 돼 있습니까?

햄   릿 아, 왜 몰라? '천생 팔자 연분으로' 그리고 그 다음은
이렇지…… '아가씨들에게 흔히 있는 일은 나고야 말았도
다…….' 이 성가 제1절을 보면 더 자세히 알 수 있지. 하지만
그건 그렇고 저봐, 배우들이 오는군.

배우 4, 5명 등장.

햄   릿 잘 왔소, 여러분, 다 잘들 왔소. 참 반갑구려. 귀한 친
구들, 환영하오. 아, 자네도 왔구먼! 뭐 수염을 길렀나, 요전엔
없었는데! 그래 그 수염을 가지고 내 앞에서 어른 노릇을 하고
싶어서 덴마크에 왔나? 아, 아가씨도 오셨군! 아가씨께서는 요
전번보다 구두 뒤축만큼 천당에 가까워지셨는걸. 제발 네 음성
이 못 쓰는 금화처럼 금이 가지 않기를 축수한다 …… 여러분
들, 참 반갑소. 이 고장 사람들은 배우들을 보기만 하면 냅다
달려들거든. 원, 프랑스 매 사냥꾼들의 습성을 닮았는지. 그럼

당장 한 마디 들어봅시다. (제1 배우에게) 어디 맛 좀 보여 주구려. 자, 아주 비장한 것으로.

배 우 1 그러면 어떤 장면이 좋으시겠습니까?

햄   릿 아 왜, 언젠가 들려 준 것 있잖소. 아마 상연은 한 번도 되지 않았을걸. 아니 한번쯤은 상연됐던가. 내 기억으로는 그때 연극이 일반 대중에게는 인기가 없었지. 개 발에 편자지, 일반 대중이 알 턱이 있나. 하지만 내가 보기엔 참 훌륭한 각본이었소. 아니 나뿐 아니라, 이 문제에 나보다도 훨씬 식견이 있는 사람들도 같은 의견이었소. 장면 구성도 잘 되고, 문구도 적절 교묘하고…… 어떤 비평가의 말인데, 내용을 구수하게 할 만한 잡된 양념이나 또는 문장의 멋을 부려 보려고 한 자취가 전혀 없고, 그 대신 작품이 진실하고 건전하고 재미가 있어 화려미보다는 자연미가 풍기는 작품이라는 평이었소. 그 중 일전은 특히 내 맘에 들었소. 이니어스가 디도에게 하는 말이오. 그 중에서도 프리아모스 왕의 최후를 그리는 구절이 특별히 좋았소. 아직 기억에 남아 있거든. 이런 데서부터 좀 시작해 보시오. 어, 뭐였더라. 가만 있자, '호걸 피러스, 하케니아의 비호처럼', 아니지 그렇지 않지, 이렇게 시작되지. '호걸 피러스, 맘도 검거니와, 시커먼 갑옷을 입고, 칠흑 그믐밤에 흉마 뱃속에 잠복하더니, 이제 그 무서운 검은 얼굴에다 또다시 처참한 피를 칠하였도다. 머리에서 발끝까지 피투성이라, 아비, 어미,

딸, 아들들의 선혈로 화염이 충천하여 시체는 숯이 되니 생지옥의 등불인 양 살인귀의 활약을 비춰 내도다. 분노와 화연에 몸이 달아, 피는 아교같이 전신에 응혈되고, 홍옥 같은 눈에는 살기가 등등하여, 흡사 아수라인 양 피러스는 트로이의 노왕 프리아모스를 찾고 있더라……' 자, 받아서 계속하오.

폴로니어스 참 잘하십니다. 발성하며 고저하며 그만이시오. 내용 이해도 훌륭하고.

배 우 1 '그때 노왕은 그리스 군을 치려 하나 역부족이라, 제대로 말을 듣지 않아 보검을 땅에 떨어뜨린 채 다시 들지도 못하더라. 노약(老若)이 부적(不敵)이라, 피러스는 프리아모스를 향해 달려들어 분노의 칼을 내리쳤으나 빗나가고, 칼이 매섭게 허공을 치는 바람에 노왕은 기운 없이 쓰러지고 만다. 그때 트로이 성도 일격을 느꼈는지 화염의 누각은 땅 위에 쓰러져 천지가 무너지는 듯하니, 이 소리에 피러스는 망연자실할 뿐. 보라, 프리아만의 백발을 향해 내리친 칼은 허공에 얼어붙고 그림 속의 폭군인 양 피러스는 진퇴양난으로 우뚝 서 있을 뿐 어찌할 바를 모르더라. 폭풍이 오기 전에 천지가 고요하여 구름이 정지하고 죽은 듯 잠잠한 바로 그때, 느닷없이 천둥이 허공을 찢듯이, 잠시 망설이던 피러스의 분노는 잠에서 깨어나 분별력을 되찾더라. 그리고 군신 마르스의 불사신의 투구를 단련하던 외눈박이 거인 키클로프스의 철퇴도 이랬는가 할 정도로

해
릿

피러스의 혈검은 사정없이 프리아모스에게 내리떨어지더라. 아서라, 말아라, 주착없는 운명의 여신아! 오, 천상의 모든 신들이여, 중의(衆意)로써 이 여신의 권리를 빼앗고 여신의 수레바퀴에서 살과 테를 부수어, 둥근 바퀴통만 구천을 굴러와 지옥 밑 마귀들 위로 떨어뜨려 주소서!'

폴로니어스 그건 좀 길구먼.

햄　릿 좀 잘라 버리지, 그 수염과 함께. 어서 다음을 계속해 다오. 저 사람은 웃음거리나 음란한 장면이 나와야지, 안 그러면 졸고 마는 위인이니까…… 자, 어서, 다음은 허큐버의 장면을.

배　우1 '그러나 그때, 아, 그 보자기를 몸에 감싸 두른 왕비는……'

햄　릿 '보자기를 몸에 감싸 두른 왕비'라고? 거 참 좋군.

배　우1 '맨발로 뛰어나와 허둥지둥, 불을 끄려는지 억수 같은 눈물을 뿌리며, 보관이 얹혀 있던 머리에는 헌 보자기 하나, 치렁치렁한 비단옷은 간 곳 없고 일평생 수많은 자식들을 낳기에 뼈만 남은 허리에는 엉겁결에 주워 걸친 홑이불 한 장뿐…… 왕비의 이런 광경을 본 사람이면 독설을 하며 운명의 여신을 저주 아니할 수 없을 것이다. 아니, 그뿐이겠는가. 천신들이 이 광경을 봤던들 천신들도 어찌 인간사에 무심할쏘냐? 아, 보라, 피러스의 흉검은 노왕의 사지를 다지고 이 참경에 늙은 왕비는

냅다 으악 소리를 지르잖는가. 하늘에 불타는 성신도 눈시울을
적시고 천심도 무심치는 않으리라.'

폴로니어스 보십시오. 저, 안색이 변하고, 눈에는 눈물이 글썽
글썽. 제발 이제 그만요.

햄   릿 이젠 그만, 나머지는 후에 곧 듣기로 하지. 그럼 영감,
배우들을 잘 좀 부탁하오. 부디 후히 좀 대접하시오. 배우란 시
대의 압축이자 연대기니까, 사후에 좋지 못한 비명(碑銘)을 받
기보다, 살아서 저 사람들의 구설을 듣지 않는 것이 차라리 상
책이오.

폴로니어스 전하, 저 사람들 신분에 적당하게 대접하겠습니다.

햄   릿 영감도 참, 더 잘 대접해요! 분에 따라 대접한다면 이
세상에서 회초리를 면할 사람이 누가 있겠소? 그러니 자기 명
예와 체면에 어울리도록 상대방을 접대해 두란 말이오. 상대방
에게 그만한 자격이 없으면 없을수록 이쪽의 선심은 빛날 것
아니오. 안으로 안내하시오.

폴로니어스 다들 오시오. (문 쪽으로 간다)

햄   릿 자, 영감을 따라들 가보시오. 내일 여러분의 연극을
듣기로 합시다. (제1배우를 가로막고서) 여보게 자네, '곤자고
의 시역(弑逆)'을 상연할 수 있겠나?

배 우 1 예, 암요.

햄   릿 그럼, 내일 밤 그걸 좀 상연해다오. 근데 혹 필요하다

면 열대여섯 줄쯤 대사를 외워 둘 수 있겠지? 내가 직접 써서 삽입하려고 하는데, 안 되겠나?

배 우 1 문제 없지요. (폴로니어스와 다른 배우들 일동 퇴장)

햄   릿 됐어. 그럼, 저 영감을 따라가 보게. 너무 놀려 먹지는 말게나, 저 영감을. (제1배우 퇴장. 다음에는 로젠크랜츠와 길덴스턴을 향하여) 아, 실례했네. 밤에 다시 만나세. 엘시노어엔 잘들 돌아왔네.

로젠크랜츠 그럼, 안녕히 계십시오. (두 사람 퇴장)

햄   릿 아, 그럼 잘들 가라! 이제는 나 혼자다. 아, 나는 어쩌면 이렇게도 못나고 비열한 인간일까? 아까 그 배우 좀 봐라, 실로 놀랍잖는가? 다만 시인의 허구, 가공의 정력에 취하여 상상은 스스로 영혼에 공명하고 안색은 창백해지며 눈에는 눈물, 미칠 듯한 고민의 표정이 나타나고 목은 메이며 일거 일동은 상상에 맞추어 온갖 모양을 나타내잖는가. 대체 그 모든 것이 무엇 때문이냐? 오직 헤큐버 때문에! 그럼 대체 헤큐버가 그에게 무엇이며 그는 헤큐버에게 무엇이기에, 이 여인 때문에 그가 우는가? 만약 나만큼 고민할 동기를 가졌다면 그는 어찌할까? 아아, 눈물로 무대를 적시고 무서운 대사로 관중의 귀를 찢고 죄 지은 자들을 미치게 하며 무고한 자를 공포에 떨게 하고 무지한 자를 혼혹시켜 놓고 관중들의 시각 청각을 혼란시켜 놓을 것 아닌가. 그런데 나는, 아둔하고 미련한 이 못난놈은 아

무 경륜도 없이, 할 말도 하지 못하고 멍하니 무위도식하고 있
잖는가. 그래 한 마디 말도 못한단 말인가. 흉칙한 수단에 걸려
왕위며 귀중한 생명을 빼앗기고 만 아버지신데, 나는 비열한
놈이란 말인가? 누구냐, 나를 악한이라 부를 자는? 내 머리통
을 후려갈길 자는 누구냐? 내 수염을 뽑아 내 면상에 던질 자
는 누구냐? 내 코를 잡아당기고 날 멀쩡한 거짓말쟁이라고 욕
설할 자는 누구냐? 그런 무례한 자가 있다면, 제기랄, 있어도
할 수 없지, 달게 감수할 수밖에. 나는 간이 비둘기 간만도 못
하고 굴욕에 분기할 만한 배알도 없는 놈이지 뭐냐. 그렇지 않
다면야 벌써 그 악한 놈의 시체, 썩은 고기로 하늘의 솔개미 떼
를 살찌게 했을 것 아닌가. 잔인음탕한 악한 같으니! 잔악 음흉
하고도 호색 무지한 악한 같으니! 아, 복수다! 이 얼마나 못난
자식이냐! 거 참 장하기도 하지. 친아버지를 위해 하늘과 지옥
이 복수하라고 명령하는데도, 창부처럼 가슴속을 말로만 토하
고 입속에서나 욕설을 중얼거리는 갈보 같은 자식! 이 무슨 꼴
이냐! 여, 분기해라, 머리를 써서. 음, 옳지, 죄진 놈들은 연극
을 구경하다가 교묘한 장면에 감동되어, 즉석에서 자기의 죄상
을 불었다고 하잖는가. 글쎄 살인죄는 입이 없어도 참으로 불
가사의하게 스스로 실토하기 마련이라거든. 음, 아까 그 배우
들을 시켜, 숙부 앞에서 아버지 살해 장면과 비슷한 연극을 하
게 해야겠다. 그리고 그 안색을 살펴보고 급소를 찔러 봐야지.

햄
릿

그래서 흠칫하면, 벌써 주저할 건 없다…… 내가 본 혼령은 마귀인지도 모를 일이다. 마귀는 어떤 형태고 자유자재로 취할 수 있다니까. 옳지, 내가 허해지고 울화증이 생긴 틈을 타서, 이런 경우에는 특별히 마귀가 힘을 발휘한다니까 이 틈을 타 나를 파멸의 구덩이로 끌고 갈 계획인지도 모르잖는가. 그러니 좀더 확실한 증거를 잡아야겠다. 마침 연극이 딱 좋은 방법이다. 기어이 왕의 본심을 알아 내고야 말겠다. (퇴장)

하루가 경과한다.

제3막

제1장 알현실 바깥 복도

벽에는 방장이 내려 쳐 있다. 중앙에는 탁자가, 한쪽 구석에는 십자가가 달린 기도용 책상이 놓여 있다. 왕과 왕비 등장. 그 뒤를 폴로니어스, 로젠크랜츠, 길덴스턴 등장. 조금 후에 오필리어 등장.

왕 결국 아무리 우원(迂遠)한 방법을 써봐도 알아낼 수 없단 말이지? 대관절 왕자가 어째서 그렇게 낙담하고 위험스런 광태를 부리며, 조용한 나날을 소란하게 하는지, 원.

로젠크랜츠 왕자님께서도 자신에게 이상이 생겼다는 것을 자인하고 계십니다. 그러나 무슨 원인에서 그렇게 되셨는지는 도무지 말씀하시려고 하지 않습니다.

길덴스턴 게다가 탐지당하기 싫으신 모양인지, 진상을 알아내려고 꾀어 봐도, 슬쩍 미친 사람을 가장하여 교묘하게 피해 버리

77

십니다.

왕   비 반갑게 영접은 해주시던가?

로젠크랜츠 아주 점잖게 대해 주셨습니다.

길덴스턴 그러나 억지로 하시는 모양 같습니다.

로젠크랜츠 자진해서는 말씀을 별반 하지 않으셨지만, 묻는 말
    엔 아주 선선하게 대답하십니다.

왕   비 권해 보았소, 무슨 오락이라도?

로젠크랜츠 예, 실은 여기 오는 노상에서 배우 일행을 만났기에
    그 말씀을 사뢰었더니, 전하께서 퍽 반가워하셨습니다. 일행은
    지금 이곳에 와 있습니다만, 아마 오늘밤 전하 앞에서 연극을
    하게 되는 모양입니다.

폴로니어스 사실 그렇습니다. 그리고 왕비마마와 폐하께옵서도
    부디 관람하시도록 신더러 전해 달라는 말씀이 계셨습니다.

왕 아, 관람하고 말고. 왕자의 마음이 그렇게 변해 간다고 하니,
    아무튼 반가운 일이다. 자, 그럼 어서들 가서 자주 권유하여 이
    런 오락에로 마음을 끌도록 노력해 보아라.

로젠크랜츠 예, 노력해 보겠습니다. (로젠크랜츠와 길덴스턴 퇴장)

왕 여보 왕비, 이제 좀 들어가 계시오. 실은 은밀히 왕자를 이리
    불러 놓았소. 여기서 우연히 만나는 것처럼 오필리어와 만나게
    하자는 것이오. 그애 부친과 나는 당당하게 탐정할 수 있는 처
    지니까, 여기 숨어 몰래 두 사람이 만나는 장면을 충분히 살펴

보겠소. 그리고 그때의 행동으로 미루어, 과연 병의 원인이 사랑에서 온 것인지, 아닌지를 판단해 봐야겠소.

왕　비　분부대로 하지요…… 그런데 오필리어야, 네 용모의 아름다움이 다행히도 왕자가 실성한 광란의 원인이기를 바란다면, 이번에는 네 인격의 힘으로 왕자를 다시 성실한 사람으로 만들어 우리 두 사람의 체모가 다시 서도록 해주기를 부탁한다.

오필리어　왕비마마, 저도 그러기를 바라옵니다. (왕비 퇴장)

폴로니어스　애, 오필리어야, 여길 거닐고 있거라. 애, 이 책을 읽고 있거라. (기도용 책상에서 책을 집어 오필리어에게 준다) 그렇게 책에 골몰한 것처럼 가장하고 있으면 혼자 있어도 전혀 수상해 보이지 않을 거다. 이건 마귀의 본성 위에다 제법 경건한 뜻과 가면과 가장을 가지고 사탕발림하는 수작이랄까. 죄되는 일이기는 하나, 세상에 아주 흔해 빠진 방법이거든.

왕　(방백) 과연 그렇다. 그 말이 내 양심을 아프게 채찍질하는구나. 화장술로 곱게 단장한 창녀의 볼이 연지에 비해 추악하다 한들, 내 행실이 그러한 교언영색에 비해 그 이상으로 추악하지는 않을 것이다. 아, 참, 무겁다, 죄악의 짐이!

폴로니어스　지금 발소리가, 전하 숨으십시다. (두 사람, 방장 뒤에 숨는다. 오필리어가 기도용 책상 앞에 무릎을 꿇는다)

햄릿, 침통한 표정을 하고 등장.

햄   릿 사느냐 죽느냐, 이것이 문제로다. 가혹한 운명의 시탄 (矢彈)을 참는 것이 장한 것이냐, 아니면 환난의 조수를 두 손으로 막아 이를 근절시키는 것이 장한 것이냐? 죽는다, 잠잔다…… 다만 그뿐 아닌가. 잠들면 일체 끝이 아닌가, 심뇌며 육체가 받는 온갖 고통이며. 그렇다면 죽음, 잠, 이것이야말로 열렬히 원할 생의 극치가 아니겠는가! 잔다, 그래 꿈도 꾸겠지. 아, 이게 문제다. 대체 생의 굴레를 벗어나 영원한 잠을 잘 때, 어떤 꿈을 꾸게 될 것인지, 이를 생각하니 망설여질 수밖에…… 글쎄 이 망설임이 있기에 인생은 한평생 불행하기 마련이지. 그렇지 않다면 세상의 비난과 조소를 누가 참을쏘냐? 폭군의 횡포와 세도가의 모욕을, 불성실한 사랑의 고통과 무성의한 재판을, 관리들의 오만을, 유덕한 사람이 받아야 할 소인배의 불손을 대관절 누가 참을쏘냐? 한 자루의 단도면 깨끗이 청산할 수 있을 것을, 그 누가 이 무거운 짐을 짊어지고 지루한 인생에 신음하며 진땀을 뺄쏘냐? 사후의 불안과, 나그네가 한번 가면 영영 돌아오지 못하는 미지의 세계가 결심을 망설이게 하고 그래서 미지의 저 세상으로 날아가느니 차라리 현재의 환난을 참게 마련이지. 결국 분별력 때문에 우리는 다 겁쟁이가 되고, 생생한 혈색을 가진 우리의 결심 위엔 사색의 창백한 병색이 그늘져, 의기 충천하던 원대한 뜻은 마침내 발길이 어긋나 실행력을 잃고 말잖는가…… 가만 있자, 어여쁜 오필리어여…… 숲의 여신님, 기도중이시오? 제발 내 죄도 잊지 마시고 같이 좀 기도해 주시오.

오필리어 (일어나면서) 아 전하, 그간 안녕하세요?

햄　릿 황송하오. 태평, 태평, 무사 태평합니다.

오필리어 전하께서 주신 사랑의 선물을 도로 돌려 드리자 하면서도 이날까지……. 자, 이젠 부디 받아 주세요.

해
리

햄　릿 아니오, 나는 아무것도 선물한 것이 없소.

오필리어 아이 참 전하도, 뻔히 아시면서. 그때는 그렇게 그윽한 말씀까지 있어, 그 선물이 더욱 값지게 생각됐으나, 이제는 그 향기도 사라졌으니 도로 가져 가세요. 아무리 호화스런 선물일지라도 보낸 사람의 마음이 변한다면 초라해진답니다. 순결한 마음씨를 가진 여자에겐 말예요. 자, 여기 있어요. (가슴에서 보석을 꺼내어, 햄릿 앞의 탁자 위에 놓는다)

햄　릿 (상대방의 음모를 돌이켜 생각하며) 하하, 당신은 정숙한 여자요?

오필리어 예?

햄　릿 얼굴은 예쁩니까?

오필리어 무슨 말씀이신지?

햄　릿 정숙하고 예쁘다면, 이 두 가지가 너무 친하지 않도록 조심해야 하오.

오필리어 어마, 여자의 미모와 정절보다 더 어울리는 연분이 또 있을까요?

햄　릿　천만의 말씀! 미인이 정숙한 여자를 불의에로 타락시키기는 쉬운 일이오. 하지만 미인을 정숙하게 변모시키기란 용이치 않은 일이외다. 전 같으면 이것이 하나의 역설에 불과했을 것이지만, 요즘은 그것이 진리임이 충분히 증명되었소. 나도 한때는 당신을 사랑했습니다.

오필리어　저도 그렇게 믿었었지요.

햄　릿　그런데 그렇게 믿지 않았어야 마땅했소. 글쎄 낡은 바탕에다 아무리 미덕을 접붙여 봐도, 원래의 성질이 아주 소멸될 수야 있나요. 그러니까 실은 나도 당신을 사랑하지 않았지요.

오필리어　그렇다면 전 더욱더 속은 셈이 되네요.

햄　릿　(기도용 책상을 손가락질하면서) 수녀원으로 가시오. 무엇 때문에 죄인들을 낳고 싶어하는 거요? 이래뵈도 나 자신은 꽤 성실한 인간이오. 하지만 차라리 어머니가 낳아 주지 않았더라면 할 정도로 온갖 죄를 깨닫고 있소. 나는 오만하고, 복수심이 강하며, 야심이 가득하고, 이 밖에 또 무슨 죄를 범할지 모르는 인간이오. 나 자신도 명확히 의식 못할 죄, 상상 속에서도 뚜렷한 형태를 갖지 못할 죄, 아니 기회만 있으면 단박 범하려고 하는 죄 등등 숱한 죄를 내포하고 있는 사람이오. 나 같은 인간이 천지 사이를 기어다니며 도대체 할 일이 무엇이란 말이오? 우리는 모두 대악당들입니다. 아무도 믿지 마시오…… 가시오, 가…… (돌연히) 그런데 아버님은 어디에 계시오?

오필리어 아, 예, 집에 계세요.

햄   릿 그럼, 밖으로 나오지 못하게 문을 전부 잠가 두시오. 밖에까지 나와서 바보짓을 못하게 말이오. 잘 있으시오. (퇴장)

오필리어 (십자가 앞에 무릎을 꿇고) 아, 천사들이여, 전하를 구원해 주옵소서!

햄   릿 (광란한 태도로 다시 돌아와서) 여, 당신이 결혼한다면 내 이런 악담을 채단 삼아 보내리다…… 당신이 얼음같이 정결하고 눈같이 순결하다 해도 세상의 구설은 면치 못하리다. 수녀원으로 가시오, 수녀원으로.(왔다갔다하면서) 그래도 결혼하려거든 바보와 결혼하시오. 영리한 사람이 당신과 결혼하는 날엔 자기가 괴물로 변할 것을 너무나도 잘 알고 있거든. 글쎄 오쟁이를 지는 바람에 이마에 뿔이 돋힐 것이니 말이오. 수녀원으로 가시오, 가, 어서. (후닥닥 뛰어나간다)

오필리어 아, 하늘의 신령님들, 전하의 실성을 구원해 주옵소서!

햄   릿 (다시 또 돌아와서) 나도 다 알고 있어. 당신네들 여인은 됫박처럼 분칠을 한다는걸. 하느님이 주신 얼굴을 전혀 딴판으로 만들거든. 멋을 부려 걷고 혀 짧은 소리를 하면서 신의 창조물에다 별명을 붙이기 일쑤거든. 심지어는 방자한 짓까지도 하고 나서 모른다고 변명을 하지. 제기, 이젠 누가 용서해 줄까보냐. 덕분에 난 미치지 않았는가. 이제 다시는 세상 년놈들을 결혼하지 못하게 할 테다. 기왕 결혼한 것은 할 수 없지. 다 살려 줄 수밖에. 한 놈만은 빼 놓고. 하지만 나머지 홀아비들은 홀아비 신세대로 놓아 둬야지. 수녀원으로 가시오, 가.(퇴장)

오필리어 아, 그토록 고상하시던 기품이 저 꼴이 돼버리다니! 왕자답고, 용사답고, 학자다운 눈빛에, 칼 솜씨며, 교양을 가졌던 분! 만인이 우러러보던 왕자님이 이렇게 될 줄이야! 이 오필리어는 세상 여자들 중에서도 가장 상심하고 비참한 여자가 아닌가. 달디단 꿀맛 같던 그분의 맹세를 빨아먹곤 하던 내가……. 맑고 장하시던 음성의 조화는 이제 간 곳도 없고, 어지럽고 시끄러운 소음뿐이네. 비할 바 없이 꽃 같은 청춘의 용모와 자태도 날벼락을 맞고 말았네! 아, 내 팔자야! 옛 일을 본 이 눈으로 지금의 이 꼴을 보다니! (기도를 드린다).

왕과 폴로니어스가 방장 뒤에서 살그머니 나타난다.

왕 사랑 때문이라고! 당찮은 소리. 다소 조리는 없으나 그 한 마디 한 마디가 미친 사람의 소리 같지는 않아…… 필경 무엇이 머릿속에 있는 모양인데, 그것을 푹 안고 있기 때문에 저렇게 우울한 게지. 그것이 깨어나면 분명 위험할 거야. 이걸 미리 막기 위해서는 선수를 쳐야겠는데, 음 이렇게 하자꾸나. 즉시 햄릿을 영국으로 파견하자. 부과된 조공을 독촉한다는 명목으로,

수륙 만 리 길을 떠나 이국의 색다른 풍물을 구경하노라면, 그 마음속에 맺혀 있는 고민도 자연 가실 것 아닌가. 글쎄 주야로 머리를 썩이고만 있으니 저렇게 실성한 거지. 어떻소, 내 생각이? (오필리어가 다가온다)

폴로니어스 거 참 묘안이십니다. 하지만 역시 저 수심의 근원은 실연에 있다고 생각됩니다……아, 너 어쩐 일이냐, 오필리어? 왕자 전하께서 하신 말씀을 고하지 않아도 좋다, 벌써 다 듣고 계셨으니까…… 전하, 처분대로 하십시오. 하오나 연극이 끝난 후 왕비마마께서 조용히 왕자 전하를 부르셔서, 수심의 곡절을 전부 말하도록 간곡히 분부하시면 어떻겠습니까? 그리고 무방하다면 신이 어디 숨어서 두 분의 담화를 자세히 엿듣기로 하지요. 그렇게 해도 근원을 알아낼 수 없는 경우에는, 그때는 영국으로 파견하시든가, 어디 적당한 곳에 감금하시든가 전하의 뜻대로 하심이 좋을까 합니다.

왕 그리 하오. 왕자의 광증을 방임해 둘 수는 없는 노릇이니까. (일동 퇴장)

제2장 궁성 안의 홀

양쪽에 관람석이 마련되어 있고, 전면에 연단이 있다. 막 뒤는 속무대. 햄릿과 배우 세 사람이 등장.

햄 릿 (배우1에게) 대사는 아까 내가 해보인 것처럼 자연스럽게 하게. 그렇지 않고 보통 배우들처럼 웅변조로 떠들어대려거든 차라리 거리의 전령사를 불러다 시킬 테니까. 그리고 또 이렇게 손을 톱 삼아 허공만 치지 말고, 매양 부드럽게 하게. 감정이 격화해서 격류, 폭풍 또는 뭐라고 할까, 회오리바람을 일으키는 순간일지라도 자제심을 잃지 말고 자연스런 연기를 해야 한단 말이지. 정말 화가 치밀어 올라온다니까, 글쎄 가발을 쓴 난폭한 배우가 제멋대로 관중의 귀가 찢어져라고 목청을 높여 감격적인 장면을 영 망쳐 놓고 마는 꼴은. 하긴 엉터리 무언극이나 신파극밖에는 아무것도 이해하지 못하는 삼등석 관중이 상대라면 모르지. 그런 자들은 엉덩이를 두들겨 주고 싶을 정도야. 그건 난폭한 타마건트 신이나 폭군 헤롯보다도 한술 더한 수작이거든. 제발 그런 짓은 삼가해 주게.

배 우1 예, 절대로 하지 않겠습니다.

햄 릿 그렇다고 너무 활기가 없어도 곤란하지. 그 점은 분별심을 선생삼아 연기와 대사, 대사와 연기를 일치시켜야 하지. 특히 자연의 절도를 넘어서는 안 된다는 점을 명심하게. 글쎄 무엇이고 지나치면 연극의 목적에서 벗어나거든. 연극의 목적이란 예나 이제나, 말하자면 자연을 비추어 선은 선한 태도로,

악은 악한 모습 그대로 비춰 내며, 시대의 양상을 본질 그대로 보여 주는 일이니까…… 그래서 이러한 목적을 지나치든가 또는 반대로 미흡하든가 하면 서투른 관객을 웃길지는 모르나, 식견이 있는 관객은 한탄하지 않을 수가 없지. 이와 같은 사람들의 비난은 온 관객의 칭찬보다 더 중요한 법이야. 참, 나도 봤지만 지독한 배우가 있었어…… 남들은 칭찬이 대단하네만…… 좀 지나친 말 같지만 대사는 그리스도교도다운 말씨가 아니었어. 게다가 걸음걸이라는 것이 그리스도교도는커녕 이교도, 아니 도대체 인간의 걸음걸이가 아니었어. 그저 꺼떡거리기나 하고 어찌나 고함을 지르는지, 이건 창조의 신이 수하 직공들을 시켜 되는 대로 얼치기를 인간으로 만들어 놓은 것이라고 생각되는 만큼, 그 패들의 인간 흉내란 정말 눈뜨고 볼 수 없을 만큼 비인간적이었지.

배 우 1 저희 극단은 그 점에 있어 상당히 시정됐다고 생각합니다만.

햄   릿 아, 그래야지. 그리고 어릿광대 역도 대본 이외의 대사를 말하지 않도록 해. 또 개중에는 좀 둔한 관객까지 웃기려고 자기가 먼저 웃어 보이는 패들도 있는데, 그 사이 필요한 대사는 까맣게 잊어버리거든. 참, 기가 막힌 일이야. 광대가 그따위 수작을 하지만 뱃속의 치사한 야심이 빤히 들여다보이지……. 자, 어서들 준비하게. (배우들, 커튼 뒤로 들어간다)

이윽고 폴로니어스, 로젠크랜츠, 길덴스턴 등장.

햄　　릿 이거 영감님! 폐하께서도 보신다고요?

폴로니어스 예, 왕비님께서도 곧 오실 겁니다.

햄　　릿 그럼, 가서 배우들을 재촉해 주시오. (폴로니어스, 절
　　을 하고 퇴장) 자네들도 가서 좀 거들어 주게.

로젠크랜츠 예, 전하. (로젠크랜츠와 길덴스턴도 퇴장)

햄　　릿 여, 호레이쇼!

호레이쇼 등장.

호레이쇼 전하, 부르셨습니까?

햄　　릿 아, 호레이쇼, 내 숱한 사람들과 교제해 봤지만 자네
　　만큼 정직한 인간은 없어.

호레이쇼 원, 별 말씀을 다…….

햄　　릿 아냐, 아첨이 아냐. 자네는 타고난 성품밖엔 의식의
　　방도라곤 없는 사람, 그러한 자네한테서 내 무슨 이득을 바라
　　겠는가? 가난뱅이에게 아첨할 필요가 없지 않나? 음, 바보 같
　　은 세도가를 핥는 역은 달콤한 혓바닥을 가진 놈에게 맡겨, 아
　　첨의 이득에 따라 무릎이 자유자재로 움직이는 놈에게 가서 굽
　　신 대라지…… 여보게 호레이쇼, 나는 스스로 분별력이 생겨

인간의 선과 악을 가릴 줄 알게 된 때부터 자네를 영혼의 벗으로 꼭 정해 놓았네. 자네만은 인생의 온갖 고생을 다하면서도 전혀 동하지 않을 뿐더러, 운명의 신의 상과 벌을 똑같이 감사한 마음으로 맞아들이는 사람이었네. 자네라는 인간은 감정과 이성이 잘 조화되어 운명의 손가락이 노는 대로 소리를 내는 퉁소가 되지 않는 사람, 그런 사람은 참 행복한 사람이네. 정열의 노예가 되지 않는 사람, 그런 사람이 있다면 나는 내 마음속 깊은 곳에 차고 다니려네. 자네가 바로 그런 사람이네. 내 말이 좀 장황해진 것 같으이…… 그건 그렇고, 오늘밤 어전에서 연극이 상연되는데, 실은 그 중 한 장면은 선친의 최후에 대해 내가 자네에게 얘기하던 그때 장면과 흡사하다네. 그 장면이 나오거든 전심전력 내 숙부의 거동을 살펴주기 바라네…… 만일 숙부의 숨은 죄악이 어느 대목에서도 드러나지 않는 경우엔 일전의 망령은 악귀가 분명하고, 따라서 내 상상은 불의 신 불카누스의 대장간처럼 너절했던 셈이 되는 거지. 숙부의 안색을 잘 살펴주게. 나도 물론 두 눈을 잠시도 떼지 않을 테니. 나중에 의견을 종합하여 왕의 태도에 관하여 판단을 내리세.

호레이쇼 　잘 알았습니다. 연극을 하는 도중 폐하의 거동을 순간이라도 놓치는 일이 있다면, 그땐 벌을 받겠습니다 (안에서 나팔소리와 북소리).

햄　　릿 　아, 이제들 나오는가 보군. 자 나는 시치미를 떼고 있어야지. 자네도 가서 앉게.

왕과 왕비 등장. 이윽고 폴로니어스, 오필리어, 로젠크랜츠, 길덴
스턴, (기타 신하들 등장.) 각기 자리에 앉는다. 왕과 왕비와 폴로니
어스는 같은 쪽에 위치하고 그 맞은편에 오필리어, 호레이쇼, 기타.

왕　요즘 어떠냐, 햄릿?

햄　릿　아주 원기 왕성합니다. 카멜레온처럼 공기만 먹어서
요. 속에는 약속만 가득 차고, 실은 텅 비어 있거든요. 그런 빈
탕을 가지곤 닭도 살이 오르지 않을걸요.

왕　동문서답이로구나. 그건 내 물음과 상관없는 말들이다.

햄　릿　그건 제 말도 아닙니다. 이제는 입 밖에 나와 버린 말
이니까요. (폴로니어스에게) 영감께선 대학 시절에 연극을 하셨
다고요?

폴로니어스　아, 예, 여간 아닌 솜씨라는 평이었습니다.

햄　릿　무슨 역을 맡아 봤나요?

폴로니어스　줄리어스 시저 역이었습니다. 그래서 중앙청 신전에
서 암살을 당했습니다. 브루투스 손에.

햄　릿　그런 짐승 같은 바보 배우를 찔러 죽이다니 그놈 참
인면수심(人面獸心)이로군. 배우들은 준비가 됐는가?

로젠크랜츠　아, 예, 분부만 고대하고 있습니다.

왕　　비　왕자, 이리 와서 내 곁에 앉아라.

햄　　릿　아아뇨, 이쪽에 더 강한 지남철이 있습니다. (오필리어 쪽으로 간다)

폴로니어스　(왕에게 방백) 호오! 저 말씀, 들으셨습니까? (두 사람이 햄릿을 지켜보면서 속삭인다)

햄
릿

햄　　릿　아가씨, 무릎 위에 좀 누워 볼까요?

오필리어　아이 참 왕자님도…….

햄　　릿　아니, 머리만 무릎 위에 뉘어 보겠다는 건데, 싫소?

오필리어　그건, 괜찮아요. (오필리어의 발 밑에 눕는다)

햄　　릿　내가 무슨 상스러운 짓이라도 할 줄 아셨던가요?

오필리어　아뇨, 그런 생각은 하지 않았어요.

햄　　릿　처녀 가랑이 속에 눕는다! 거 괜찮은데요.

오필리어　무슨 말씀이세요?

햄　　릿　아니, 뭐…….

오필리어　참 명랑하시네요.

햄　　릿　누가? 내가?

오필리어　예.

햄　　릿　그야, 이 사람은 일개 광언 작가(狂言作家)거든요. 인간된 자 모름지기 명랑하지 않고서 어이 할쏘냐. 좀 보시오, 우리 어머니의 명랑하신 얼굴을. 아버지가 돌아가신 지 채 두 시간도 못 되는데. (왕비가 낯을 돌리고, 왕이 폴로니어스와 무엇을

속삭인다)

오필리어 아녜요, 두 달의 갑절이나 됩니다.

햄   릿 뭐 벌써 그렇게 됐나? 그렇다면 상복을 악마에게 물려 주고, 나는 수달피 옷이라도 입어야겠군. 이것 참 놀라운 일 아닌가. 벌써 두 달 전에 죽었는데 아직 잊혀지지 않고 있다니. 이러다간 위인의 명성은 충분히 사후 반년은 살아 남겠는걸. 아, 참 그러자면 교회당을 지어 놔야지. 안그러면 금방 잊혀지고 말 테니, 죽마처럼. 그래, 죽마 비문은 어떤지 아시오? '이랴! 이랴! 죽마는 잊혀졌네.' 이렇소.

나팔소리, 정면의 막이 좌우로 열리고, 속무대가 나타난다. 이 속무대에서 무언극이 시작된다.

무언극

왕과 왕비 정답게 등장하여 껴안는다. 왕비는 무릎을 꿇고 왕께 애정을 맹세한다. 왕은 왕비를 일으켜 안고 머리를 왕비 목에 기대고 나서, 꽃이 만발한 둑에 앉는다. 왕비는 왕이 잠든 것을 보고 그 자리를 떠난다. 이내 한 사나이 등장하여 머리에서 왕관을 벗겨 들고 그 왕관에다 키스를 하고 나서 잠든 왕의 귓속에다 독약을 넣고 퇴장한다. 왕비가 돌아온다. 왕이 죽은 것을 알고 비탄하는 동작을 한다. 독살한 사나이는 3, 4명의 수하를 데리고 다시 돌아와서 왕비를 위로하는 체한다. 시체를 들어 내간다. 독살한 사나이는 예물을 왕비 앞에 내놓고 사랑을 구한다. 왕비는 처음에는 싫은 체하다가 사랑을 승낙한다. (막이 내리고 무언극 배우 일동 퇴장)

무언극이 진행되는 동안 햄릿은 초조한 듯이 이따금 왕과 왕비를 바라다보곤 한다. 왕과 왕비는 시종 폴로니어스와 무엇을 속삭이고 있다.

오필리어 저건 무슨 의미입니까, 왕자 전하?
햄　릿 아무것도 아니오. 음모라고나 할까요.
오필리어 아마도 줄거리를 암시하는 모양이죠.

막 앞에 배우 한 사람이 등장. 왕과 왕비, 이 배우 말을 경청한다.

햄　릿 저자 말을 들어 보면 알 거요. 배우들은 비밀을 숨겨 두질 못하고 죄다 털어놓는다니까.
오필리어 그러면 아까 무언극의 의미도 설명해 줄까요?
햄　릿 (난폭한 어조로) 암, 그뿐이겠소? 당신이 해보이는 건 무엇이나 설명해 줄 것을…… 글쎄 아무리 창피스런 것이라도 당신만 해보이면, 저자들은 서슴지 않고 설명해 줄 거요.

오필리어 어머, 망측스런 소리도 다, 전 그냥 연극이나 구경하
겠어요.

서막배우 저희 극단 일동을 대표하여 여러분 앞에 백배 사례하
옵고, 이제부터 나오는 비극을 끝까지 조용히 들어 주시기를
바랍니다. (퇴장)

햄   릿 원, 저게 인사말이냐, 반지에 새긴 글귀냐?

오필리어 너무도 짧군요.

햄   릿 여자의 사랑같이.

두 배우 등장, 극중(劇中)의 왕과 왕비다.

극중 왕 왕비여, 우리의 사랑이 합하고, 혼인의 신이 우리의
손을 신성한 백년가약으로 맺어 주신 날부터 햇님의 수레바퀴
는 해신의 바닷길과 지신의 둥근 땅을 꼬박 서른 번을 돌고, 열
두 번의 서른 갑절, 반사빛을 가진 달님은 지구 돌기를 서른 번
의 열두 갑절 했소.

극중 왕비 기나긴 여로, 이후도 그만한 횟수를 돌아 우리의 사랑
을 축수해 주시옵소서! 가슴 아프게도 요즘 전하께서 병환이 나
시어, 기상이 평소 같지 않으시고 기개가 예전 같지 않으시니
너무도 염려되옵니다. 그러나 제가 염려한다고 해서 조금도 언

짧게는 생각 마십시오. 원래 여자는 사랑할수록 염려하는 법이오니 애정이 없으면 염려도 없고, 애정이 크면 염려도 그만큼 크답니다. 저의 사랑은 지내 보셔서 아실 터이고, 애정이 큰 만큼 염려도 큽니다. 정이 깊어지면 사소한 염려도 공포로 변하고, 공포심이 커지면 정도 더욱더 깊어지는 법이랍니다.

극중 왕 아, 사랑하는 왕비여, 당신을 버리고 가야 할 나의 운명, 그 운명도 멀지 않았소. 이제는 내 생명력이 쇠약해져 버렸소. 당신은 이 아름다운 세상에 살아남아서 백성들의 경애를 받으며 여생을 즐기시오. 그리고 요행 나에 못지않는 남편을 만나…….

해
릿

극중 왕비 아, 그만 말씀하세요. 그런 사랑은 제 가슴엔 변절일 수밖에요. 개가를 할 바에야 저주를 받겠어요. 첫 남편을 죽인 여자가 아니고서야, 어찌 개가를 하겠습니까.

햄   릿 (방백) 아, 쓰다, 써.

극중 왕비 개가하는 동기는 천한 물욕이지, 결코 애정은 아닙니다. 새 남편의 팔에 안겨 키스하는 것은, 돌아가신 남편을 두 번 죽이는 셈입니다.

극중 왕 그말, 진정이라고 믿으리다. 하지만 인간이란 결심해 놓고도 스스로 깨뜨리기 마련이오. 지기(志氣)란 결국 기억의 노예에 불과한 것, 날 때의 기세는 장하나 지속력이 약하지요. 글쎄 이건 선열매 같다고나 할까. 가지에 매달려 있다가도 익으면 떨어져 버리잖소. 자신의 빚을 스스로 갚기를 잊어버린다는 것도 인정의 필연. 열정으로 스스로 약속한 일도 열정이 식으면 그 결심을 잊어버리게 되오. 슬픔이나 기쁨이나, 일단 격정이 지나가면 실행력은 자취를 감추고 마오. 환락 뒤에는 애상이 깃드는 법, 사소한 사유로 희비는 엇갈리게 마련이오. 인생은 무상, 그러나 우리의 사랑이 운명의 변화와 더불어 변한다는 것도 괴이한 일은 아니오. 과연 사랑이 운명을 제어하느냐, 운명이 사랑을 제어하느냐, 이는 아직도 미해결의 인생 문제요, 세도가가 몰락하면 수하 심복들도 등을 돌리고 떠나가 버리고 미천한 자도 천운의 뜻을 이루면 어제의 원수도 친구로 변하잖소. 이는 사랑이 운명의 종인 증거이며, 부자인 사람은 친구가 모자라는 일이 없는 반면, 가난한 사람은 불실한 친구를 떠보다가 도리어 단박 원수를 사고 마는 법이오. 그건 그렇고, 다시 시초로 돌아가 말을 맺자면 우리의 의사와 운명은 상극하기 때문에 마음속 계획은 항상 전복되고 마오. 실로 뜻한 것은 자유이지만 성과는 뜻대로 되지 않는 법이지…… 그러니 지금은 개가할 뜻이 없다 하더라도 이러한 뜻도 첫 남편의 죽음과 더불어 사라지고 말리다.

극중 왕비 아, 어찌 그럴 수가…… 설사 대지는 음식을, 하늘은 광명을 주지 않고, 낮의 오락과 휴식이 거부되고, 신뢰와 희망은 절망으로 변하고 말지언정, 설사 옥중에 갇혀 평생 은사(隱

土) 같은 생활을 하고, 기쁨을 빼앗아 가는 온갖 재앙이 이 몸 위에 내려 소원을 망치고, 영겁의 고민이 현세뿐 아니라 내세까지 이 몸을 쫓아올지언정, 한 번 낭군을 여의고서야 어찌 다시 또 남의 아내가 될 수 있겠어요!

햄　릿 설마 저 맹세를 깨뜨릴라고!

극중　왕 참 굳은 맹세요. 잠시 날 혼자 있게 해주오. 정신이 흐릿해졌으니 좀 자고 나면 지루한 이 날도 개운해 질 것 같소. (잠이 든다)

극중 왕비 푹 잠드소서, 전하. 우리들 사이에 행여 재앙이 오지 말기를.(퇴장)

햄　릿 어머니, 마음에 드십니까, 이 연극이?

왕　비 왕비 역이 좀 수다스런 것 같구나.

햄　릿 예, 하지만 맹세를 실행할걸요, 뭐.

왕 왕자는 내용을 알고 있는가? 극중에 좀 해괴한 점은 없는가?

햄　릿 아아뇨, 그저 장난입니다. 장난으로 독살하는 것뿐입니다. 해괴한 점은 전혀 없습니다.

왕 연극의 제목은?

햄　릿 '쥐덫'이라고 합니다. 물론 비유지요. 이 연극은 비엔나에서 일어난 암살 사건을 그대로 재현한 것입니다. 영주의 이름은 곤자고라 하고, 부인의 이름은 뱁티스타라고 합니다. 이제 곧 아시게 됩니다만 대단히 흉칙한 내용이지요. 하지만 뭐 상관 없잖습니까? 폐하나 저희들처럼 양심이 깨끗한 사람에게는 아무렇지도 않습니다…… 도둑놈 제발이 저린다지만, 우리의 발등은 아무렇지 않으니까…….

이때 류시어너스로 분장한 제1배우 등장. 검은 옷에 손에는 독약 병을 들고 있다. 낯을 찌푸리며 위협적인 태도로 잠자는 왕 곁으로 엉금엉금 다가온다.

햄　　릿　이건 영주의 조카 류시어너스란 자이죠.

오필리어　전하는 해설 역처럼 해설을 퍽 잘하시네요.

햄　　릿　인형극에서 꼭두각시들이 희롱거리는 수작만 봐도 난 당신과 애인 사이의 관계를 해설할 수 있소.

오필리어　아이, 너무하셔요, 전하도.

햄　　릿　너무하지 못하게 하자면, 아마 진땀을 조금 빼셔야 할 걸.

오필리어　점점 더 하시네, 험담이.

햄　　릿　남편일랑 그런 식으로 맞이하셔야죠…… (무대를 쳐다 보며) 여, 살인자, 시작하라고 염병할! 낯짝만 찌푸리고 있지 말고, 어서 시작하라니까…… 자…… '까마귀가 까악까악 복수를 부르짖는다.' 부터.

류시어너스　마음은 시커멓고 손은 민첩하고, 약효는 강하고, 때는 무르익고, 다행히 보는 사람도 없다. 밤중에 약초를 캐다가

세 번 마녀의 주문 속에 말리고, 세 번 독기를 쐬어 만든 독약. 자연의 마력과 가공할 약효를 발휘하여 저 건강한 생명을 당장 끊어라. (독약을 왕의 귀에 붓는다)

햄   릿 왕위를 빼앗기 위해서 금원에서 왕을 독살하는 장면입니다. 왕의 이름은 곤자고, 이야기는 지금까지 전해 내려오고, 훌륭한 이탈리아 어로 씌어 있습니다. 이제 보시오, 저 살인자는 왕비를 농락하게 됩니다.

햄
릿

왕이 창백해져서 허청허청 일어선다.

오필리어 전하께서 자리에서 일어나시네요.

햄   릿 허, 공포에 놀라셨나?

왕   비 아, 어찌신 일입니까, 전하?

폴로니어스 연극을 중지하라, 연극을!

왕 등불을 가져 오너라…… 나가련다! (홀 밖으로 허청허청 나간다)

폴로니어스 등불, 등불, 등불을! (햄릿과 호레이쇼만 남고 일동 퇴장)

햄   릿 울어라, 울어, 화살에 맞은 사슴아! 춤을 추어라 성한 암사슴은. 밤을 새는 놈, 잠을 자는 놈, 세상만사 여차여차. 어때, 이만하면 나도 극단에 한몫 낄 수 있잖겠어. 옷에다 새 깃이나 잔뜩 달고, 큼직한 장미꽃 리본이나 샌들 코에다 달고 다니면? 이후 내 팔자가 기구해진다고 치고.

호레이쇼　글쎄 반 사람 몫이랄까요?

햄　　릿　아, 아니지, 온 몫이지. 알잖는가. 오, 마귀여, 조브 신은 쫓겨나고, 이 땅의 통치자는, 어허…… 공작 새끼로다.

호레이쇼　운(韻)이 잘 맞지 않는데요.

햄　　릿　아, 호레이쇼, 그 혼령의 말, 이제는 만 냥을 주고라도 사겠어…… 자네도 봤지?

호레이쇼　예, 잘 봤습니다.

햄　　릿　그 독살 장면도?

호레이쇼　예, 자세히 살펴봤습니다. (로젠크랜츠와 길덴스턴이 돌아온다)

햄　　릿　허, 어! (두 사람에게 등을 돌리고) 자, 음악을 연주해라! 전하께서는 희극이 싫으시단다. 거, 아마 싫으신 게지. 자, 음악을 울려라!

길덴스턴　전하, 황공하옵니다만 한 마디 사뢰고자 합니다.

햄　　릿　원 천만 마디라도 사뢰라구.

길덴스턴　실은 폐하께서…….

햄　　릿　그래 폐하께서?

길덴스턴　입전하신 후로 몹시 언짢아하시는 기색이옵니다.

햄　　릿　왜 과음하셨나?

길덴스턴　아닙니다, 대단히 화가 나셨습니다.

햄   릿 원, 그렇다면 전의한테 알리는 게 현명하잖을까. 섣불리 내가 손을 댔다간 홧병만 점점 더 심해지실걸.

길덴스턴 황송하오나만 좀 조리 있게 말씀해 주십시오. 그렇게 요점을 피하시지만 마시고.

햄   릿 순순히 듣겠다…… 어서 말해 봐라.

길덴스턴 실은 왕비마마께서 대단히 염려하시어 이렇게 저를 보내셨습니다.

햄   릿 아, 잘 오셨네.

길덴스턴 전하, 그 인사 말씀 이 자리에선 온당치 않으신 줄 압니다. 죄송하오나 사리에 맞는 답을 해주시면 어머님의 분부를 전해 드리겠습니다. 그러나 그렇지 않으시면 이만 실례하고 하직하겠습니다. (절을 하고 돌아선다)

햄   릿 거 안 될 말.

길덴스턴 예?

햄   릿 글쎄 사리에 맞는 대답을 하라지만…… 난 머리가 돌아 있거든. 하지만 할 수 있는 대답이라면 언제든지 선선히 해주지. 글쎄 자네 소원대로, 아니 어머님 소원대로. 그러니까 일언지하에 요건을 말해 보게…… 그래 어머님께서?

로젠크랜츠 그럼 사뢰겠습니다만, 전하의 행동이 당돌하시어 매우 놀라셨다 하십니다.

햄   릿 어, 기특한 자식이로군, 어머니를 놀라게 하니! 그래,

그 놀라움 뒤에는! 자, 어떻게 됐지?

로젠크랜츠 전하 주무시기 전에 침전에서 조용히 하실 말씀이 있다고 하십니다.

햄   릿 알았어, 그렇게 하겠네. 지금의 열 배나 더 어머니다운 어머니더라도 복종하겠네. 더 이상 무슨 용무라도?

로젠크랜츠 전하께서 이전엔 절 사랑해 주셨습니다.

햄   릿 암, 현재도 사랑하고 있어. 버릇이 나쁜 이 양손에 맹세하지만.

로젠크랜츠 제발, 전하, 근래 울적하신 원인을 말씀해 주십시오. 불쾌하신 심중을 친구에게까지 숨기는 건 분명히 전하 스스로를 부자유 속에 가두어 놓는 것입니다.

햄   릿 실은 청운의 뜻을 이루지 못해서 그래.

로젠크랜츠 원, 별말씀을. 전하를 덴마크 왕의 후계자로 책봉하신다는 폐하의 선언이 계셨는데?

햄   릿 아, 그야 그렇지. '풀이 자라는 것을 기다리다 망아지는 굶어 죽고…… 이 속담도 케케묵었지. (배우들이 피리를 들고 등장) 아, 피리가 나왔구나. 어디 나도 하나 다오. (피리를 하나 받아들고 길덴스턴을 한쪽 구석으로 데리고 간다) 저리 잠깐, 대체 왜 사람을 자꾸 몰아세우려고만 하는가? 그래 날 덫에 몰아넣을 셈인가?

길덴스턴 아, 죄송합니다. 행동이 좀 지나치더라도 애정 탓에

하는 무례라고 생각해 주십시오.

햄　　릿　무슨 소린지 잘 이해할 수 없는걸……이 피리 좀 불어
　보겠나?

길덴스턴　죄송합니다만, 불 줄 모릅니다.

햄　　릿　부탁하네, 제발.

길덴스턴　정말 불 줄 모릅니다.

햄　　릿　제발 부탁한다니까.

길덴스턴　정말 전혀 손도 댈 줄 모릅니다.

햄　　릿　뭘, 거짓말하는 것보단 어렵지 않아. 이렇게 구멍을
　손가락으로 막고, 입으로 바람만 불어 봐. 굉장한 음악이 나올
　테니…… 잘 봐, 이게 구멍들이니까.

길덴스턴　하지만 잘 조절해서 조음을 낼 줄 모릅니다. 전혀 재
　주가 없어서요.

햄　　릿　원 그렇다면 대저 자넨 날 뭘로 알고 있는가! 나 같은
　건 마음대로 피리삼아 놀려 볼 수 있단 말이지. 구멍도 잘 알아
　서 마음속의 비밀을 빼내고, 저음에서 고음까지 내 심금을 울
　려 보고…… 이 작은 악기에는 절묘한 음악이 많이 들어 있어.
　그러면서 이 피리를 놀릴 줄 모른다고. 제기랄, 그래 날 피리보
　다 놀리기 쉬운 걸로 알았는가? 날 무슨 악기 취급해도 상관
　없지만, 절대 나를 소리나게는 못할걸.

폴로니어스 등장.

햄　　릿　아, 영감!

폴로니어스　전하, 왕비님께서 좀 하실 얘기가 있으니 오시라 하십니다.

햄　　릿　저기 저 구름이 보이지, 낙타같이 생긴.

폴로니어스　아 예, 꼭 낙타 모양이군요.

햄　　릿　아냐, 족제비같이 보이는데.

폴로니어스　참, 등 모양이 족제비 같군요.

햄　　릿　아냐, 고래 같지 않소?

폴로니어스　아, 참 고래 같습니다.

햄　　릿　그럼, 곧 가 뵙는다고 아뢰시오. (방백) 원 사람을 조롱해도 유만부득이지. (큰 소리로) 곧 가 뵈리다.

폴로니어스　그렇게 가서 아뢰겠습니다.(폴로니어스, 로젠크랜츠, 길덴스턴 퇴장)

햄　　릿　곧 가 뵙는 것쯤 말로는 어렵지 않은 일이지. 자, 그러면 다들 물러가다오. (햄릿만 남고 일동 퇴장) 지금은 한밤중, 마녀들도 놀아나고, 무덤은 아가리를 벌리며, 지옥은 이 세상에 독기를 내뿜고 있다. 지금 같으면 나도 할 수 있을 것 같다. 뜨거운 피를 들이키고 낮에 보면 떨릴 잔행이라도. 하지만 가만 있자, 우선 어머니한테 가 봐야지…… 아 마음아, 천륜의 정을 잃지 마라. 폭군 네로 같은 정신은 착실한 가슴에 들어오지 못한다. 가혹하게는 대하더라도 자식의 도리는 잊지 말자. 혀 끝으로 찌르되 칼은 쓰지 말아야지. 이 일에 한해서는 마음과 혀가 서로 위선자가 되어, 아무리 거친 칼로 책망은 하더라도 절대로 그 말을 실천에 옮겨서는 안 되지! (퇴장)

제3장 궁성 안, 복도

기도용 책상이 놓여 있다. 복도 바깥 쪽은 알현실이다.
왕, 로젠크렌츠, 길덴스턴 등장.

왕 더 이상 꼴도 보기 싫다. 첫째 위험하다, 미친 자를 이렇게 방임해 두면, 그러니 왕자의 영국 파견 건, 발령장을 수교하겠으니 곧 출발해라. 수시로 그 광증에서 발생하는 위험을 신변에 두고서야, 어찌 국정이 편안할 수 있겠는가?

길덴스턴 곧 준비하겠습니다. 성덕에 목숨을 걸고 사는 만백성의 안전을 보호해 주자 함은 참으로 거룩하시고 황송하신 배려라 하겠습니다.

로젠크랜츠 사사로운 개인의 생명이라도 위험에 처하면 있는 사력을 다하여 보호하거늘, 하물며 무수한 생명이 그 안태에 달려 있는 옥체로서야 다시 이를 말씀이 있겠습니까. 폐하의 불행은 그 재앙이 옥체 한 몸에 그치는 것이 아니라 소용돌이와 같아서 주위의 모든 것을 끌고 갑니다. 말하자면 산정에 장치된 거대한 수레바퀴라고나 할까, 그 큰 수레바퀴 살에는 수천만의 작은 운명들이 매달려 있습니다. 이것이 굴러 떨어질 때에는, 그 부속물들과 함께 요란스럽게 붕괴되고 맙니다. 지존의 탄식은 곧 만백성의 신음 소리라 하겠습니다.

왕 어서 준비하여 곧 떠나도록. 이 위험에다 족쇄를 채워 놔야겠다. 여지껏 너무도 방임해 왔거든.

로젠크랜츠 예, 서둘러 준비하겠습니다. (두 사람 퇴장)

폴로니어스 등장.

폴로니어스 폐하, 지금 왕자님께서 왕비님 침전으로 들어가십니다. 신은 커튼 뒤에 숨어서 이야기를 들어 보겠습니다. 물론 왕비님께서는 왕자님을 단단히 꾸중하실 것입니다. 그러니 폐하 말씀대로, 참 지당하신 말씀이온데 왕비님 이외에 누구 다른 사람이 들어 보는 것이 좋을 줄 아옵니다. 모자간의 정이라 자연 아드님에 대해서는 생각이 치우칠지도 모르니까요. 그럼 침전에 드시기 전에 배알하옵고 결과를 사뢰겠습니다.

왕 음, 수고하오…… (폴로니어스 퇴장, 왕 이리저리 걸어다니면서) 아, 이 죄악, 악취가 하늘까지 찌르는구나. 인류 최초의 저주를 받으렷다. 형제를 죽인 죄로…… 기도도 드릴 수 없구나, 심정만은 간절한데. 기도하고 싶은 마음은 강하나 더욱 죄악에 압도당하고, 양다리를 걸친 사람처럼 어디서부터 시작할는지 망설이다가 양쪽 다 못하고 마는구나. 설사 이 저주받은 손목이 형의 피로 두꺼워졌다 할지라도, 하늘에 이 손목을 백설처럼 희게 씻어 줄 단비는 없을까? 죄악 위에 단비를 내리지 않는다면 무슨 공덕이라 할꼬? 죄를 미리 막고, 또 일단 죄를 지은 뒤에는 용서해 주는 이중의 공덕이 있기에 기도를 올리는 게 아닌가? 그렇다면 나도 희망의 눈을 들어 우러러보겠다…… 내 죄과는 이미 과거지사, 하지만 어떠한 기도를 드려야 내 경우에 알맞을까? 그저 빌며 '비열한 살인죄를 용서해 주시옵소서.' 할까? 안 될 말이지. 글쎄 난 살인죄에서 얻은 이익을 아직도 소유하고 있잖은가, 왕관과 야심과 왕비를……. 죄의 소득을 보유하고서도 죄를 용서받을 수 있을까? 이 말세의 탁류 속에서는 손도 황금으로 도금하면 정의를 밀어 제치고, 부정한 수단으로 얻은 바로 그 금력으로 국법을 매수하는 것쯤이야 식은 죽 먹기지. 하지만 이건 천상에선 통하지 않지. 글쎄 하느님 앞에서는 피할 도리가 없어. 죄상은 그 본체를 드러내고, 죄상에 대해 일일이 증거를 실토할 수밖에 없거든. 그렇다면 어쩌면 좋지? 앞으로 어떡한담? 회개를 해보자…… 회개로 안 될

햄릿

일이 있으랴? 하지만 회개를 할 수 없는 경우엔 어떡하지? 아, 비참한 이 심경! 내 가슴은 죽음같이 시퍼렇구나! 아, 덫에 걸린 새 같은 이 영혼, 몸부림을 칠수록 더 꼼짝할 수 없구나. 자, 구부러지려무나, 이 완고한 무릎아. 자 순해져 봐라, 강철 같은 마음아, 갓난아기 힘줄처럼…… 만사 잘 되게 해주십시오. (무릎을 꿇는다)

햄릿, 알현실로 해서 등장한다. 왕을 보자 멈추어 선다.

햄   릿 (복도 입구에 다가서면서) 기회는 지금이다. 지금 마침 기도를 드리고 있구나…… 자, 해버리자. (칼을 빼든다) 그러면 저자는 천당으로 가고, 나는 원수를 갚게 되지. 가만 있자. 이건 생각해 볼 문제인데. 악당이 내 아버지를 죽였는데, 그 보답으로 외아들인 내가 그 악당을 천당에 보내…… 이건 도리어 사례를 받아야 할 일들이 아닌가. 복수는커녕 저 악당의 손에 걸려 아버지는 현세의 온갖 욕망을 짊어진 채 죄업이 5월의 꽃과 같이 한창인 때 느닷없이 살해당하지 않았는가. 그러니 저승에서 어떠한 심판을 받았는지, 하느님밖에 누가 알랴? 하지만 아무리 생각해 봐도 중형을 면치 못할 것이다. 한데 과연 이게 복수가 되겠는가? 저자가 영혼을 말갛게 씻어, 지금 천당의 길을 떠나기 꼭 알맞는 이때에 죽이는 것이? 천만에. (칼을 다시 칼집에 넣는다) 칼아, 네 집으로 돌아가서 기다렸다가 좀더 살기 찬 기회를 찾아보자. 글쎄 만취하여 곯아떨어져 있을 때나 혹은 발광하고 있을 때, 사음을 탐하고 있을 때, 혹은 도박을 할 때, 폭언을 할 때, 기타 전혀 구원의 여지가 없는 무슨 행위를 하고 있을 때, 그런 때에 행동하자. 그러면 뒷발로 하늘을 차면서 지옥으로 굴러 떨어질 게 아니냐. 어차피 찾아가야 할 지옥처럼 캄캄한 꼴을 하고서. 어머니가 기다리고 계시다. 너, 기도하고 있다마는 더욱더 네 병고만 연장될 뿐이니라. (왕이 기도하고 있는 곳을 지나간다)

해
릿

왕 　(일어서면서) 말은 하늘로 날아가고, 죄스런 마음은 무거워서 지상에 그냥 남아 있구나. 진실 없는 이 마음이 어찌 천당에 갈 수 있을라고. (퇴장)

제4장 왕비의 침실

벽에 커튼이 늘어져 있고, 다른 쪽 벽에는 선왕의 초상화와 현왕의 초상화가 걸려 있다. 침대 옆에 의자 몇 개가 놓여 있다. 왕비와 폴로니어스 등장.

폴로니어스 　왕자님께서 곧 들어오십니다. 단단히 타이르십시오.

장난을 해도 분수가 있어야 되지 않습니까. 폐하의 역정을 새 중간에서 겨우 막아냈노라고 말씀하십시오. 저는 여기 숨어 있겠습니다. 제발 혼을 좀 내주십시오.

햄 릿 (바깥에서) 어머니, 어머니, 어머니!

왕 비 염려 마오. 내 걱정은 말고 어서 숨어요. 왕자가 오는 소리가 들리니. (폴로니어스, 방장 뒤에 숨는다)

햄릿 등장.

햄 릿 어머니, 무슨 일이십니까?

왕 비 아버님은 너 때문에 대단히 화가 나셨다.

햄 릿 어머니 때문에 우리 아버지도.

왕 비 애야, 그런 엉뚱한 대꾸가 어디 있니?

햄 릿 원, 그런 사치스런 반문이 어디 있습니까.

왕 비 그게 대체 무슨 말이냐?

햄 릿 그게 무슨 말이라뇨?

왕 비 넌 나를 잊었느냐?

햄 릿 잊다뇨, 천만에요. 이 나라의 왕비이시며, 남편 동생의 아내십니다. 그리고 사실이 아니면 오죽 좋겠습니까마는 저의 어머니시죠.

왕 비 정 네가 그렇게 생각한다면 어디 꾸짖을 수 있는 사람

을 불러야겠구나. (퇴장하려 한다)

햄   릿 (왕비를 붙잡고) 자, 자, 앉으십시오. 꼼짝 하지 마시고. 자, 마음속을 거울에 환히 비춰 보이게 해드릴 테니. 그 전에는 한 발자국도 뜨지 못하십니다.

왕   비 대체 어쩌자는 거냐? 나를 죽이자는 거냐? 여봐라, 사람 살려!

폴로니어스 (커튼 뒤에서) 이크, 큰일났구나, 큰일 났어! 사람 살리시오, 사람!

햄   릿 (칼을 빼들고) 앗, 이건 뭐냐? 쥐냐? 죽어라, 제기랄 죽어. (커튼 속으로 칼을 찌른다)

폴로니어스 (쓰러지면서) 아이고, 하느님.

왕   비 아니, 이게 무슨 짓이냐!

햄   릿 모릅니다, 저도. 왕입니까? (커튼을 들고 보니 폴로니어스가 죽어 있다)

왕   비 아, 이 무슨 난폭하고 잔인한 짓이냐!

햄   릿 잔인한 짓이라고요…… 그야 어머니, 왕을 죽이고 그 동안에 그 동생과 결혼하는 짓만큼이나 흉악한 일입니다.

왕   비 왕을 죽였다고!

햄   릿 암요, 틀림없죠…… (폴로니어스의 시체를 가리키면서) 저기, 지지리 못난 바보 같으니…… 경솔하게 어디나 참견하니 저꼴이지! 나는 너를 더 큰 상전인 줄 알았지. 잘 가라, 이것도 네 팔자 소관이지. 이젠 깨달을 것이다, 너무 주제넘게 나서면 위험하다는걸. (커튼을 놓고 왕비를 향하여) 그렇게 손만 쥐어뜯지 마시고 그만 진정하고 앉으시죠. 제가 그 가슴을 쥐어 짜드릴 터이니. 설마 목석같이 도리가 통하지 않을 만큼 단단한 가슴을 가진 어머님은 아니실 테죠? 설마 망측한 습관에 주석 같은 때가 끼어 감정이 전혀 뚫고 들어갈 수 없을 만큼 무감각해진 가슴은 아니실 테죠?

왕　　비 대체 내가 무슨 행동을 했기에 그렇게 함부로 말하는 거냐?

햄　　릿 말씀드리죠. 참 기막힌 행동, 여자의 미덕과 수줍음을 짓밟고, 정숙한 여자를 위선자 칭호를 받게 하고, 천진난만한 사람의 아름다운 이마에서 장미꽃을 떼버리고 그 대신 창부의 화인을 찍어 놓고, 결혼의 맹세를 도박꾼들의 맹세 한 가지로 거짓되게 하는 행동을 하셨지요. 또 백년 가약이라는 말에서 그 정신을 빼버리고 신성한 예식을 한낱 광대극으로 만든 행동을 하셨지요. 그 행동엔 하늘도 격분하여 낯을 붉히고, 이 반석 같은 대지도 최후 심판날이나 당한 것처럼 수심에 잠겨 고민하고 있습니다.

왕　　비 아니, 대체 그게 무슨 말이냐?

햄　　릿 (벽에 걸린 두 초상화 쪽으로 왕비를 데리고 가서) 자, 좀 보십시오, 이 그림과 저 그림을. 두 형제분의 초상화입니다.

자, 보십시오. 저 수려한 풍모…… 태양신 아폴론 같은 물결치
는 머리카락하며, 흡사 조브신 같은 이마, 주위를 위압하는 군
신 마르스 같은 눈, 하늘에 솟은 산정에 갓 내려앉은 사신 머큐
리 같은 자세하며. 아, 미덕을 한 몸에 지닌 조화의 화신, 인간
의 귀감이라고 모든 신들도 보증하신 분, 이분이 어머니의 원
래 남편이었지요……. 자, 이번에는 이쪽 그림을 보십시오. 현
재의 남편, 병든 보리 이삭 모양으로 건강하던 형을 말려 죽인
분입니다. 대체 눈이 있습니까? 아름다운 목장을 버리고 이런
황무지에서 안식을 찾다니. 기가 막혀라! 과연 보는 눈이 있습
니까? 설마하니 사랑이라 부를 수야 없겠죠. 어머니 연배가 되
면 불길 같은 욕정도 순해지고 분별심에 복종하는 것이 아닙니
까? 그래, 분별심이 있다면 자리를 옮기지는 않았겠지요? 욕정
이 있는 것을 보니 필시 감각도 있던 모양입니다만, 그 감각도
이제는 정녕 마비되어 있는가 보군요. 광인도 그런 실수는 하
지 않을 겁니다. 하물며 아무리 광증에 자유를 빼앗긴 감각이
기로서니 약간의 식별력은 남아 있을 텐데, 이런 천양지간을
다 구별 못하시다뇨. 무슨 귀신한테 홀려서 눈뜬 장님이라도
되었단 말씀입니까? 촉감이 없어도 청각만으로도, 다른 아무것
은 없다면 코만 있으면 아니 비록 병든 감각일지라도 한 조각
만 남아 있다면야 이렇게까지 망녕을 부릴 리 없을 것 아닙니
까, 아 수치심아, 너의 부끄러움은 어디 갔느냐? 에이 저주할

욕정아, 네가 중년 부인의 뼈 속에서 반란을 일으킬 수 있는 걸 보니, 피가 끓는 청춘 속에서는 도덕이 초처럼 불에 녹아 없어지는 것도 예사가 아닌가 보구나. 욕정이 치밀어올라도 창피할 건 없지. 서리조차 불타고 있고, 이성이 사음의 노릇을 하는 판이니.

왕　　비　아, 햄릿, 그만해 둬라. 네 말을 들으니 자연히 이 마음이 편치 않구나. 마음속의 시커먼 오점은 아무리 씻어도 지워지지 않을 거야.

햄　　릿　지워지지 않겠지요. 오히려 땀내 나는 기름이 질질 도는 이불 속에서 사음에 넋을 잃고 돼지들처럼 정담을 교환하는 것이 고작이겠죠.

왕　　비　제발 그만 둬라. 네 말이 꼭 단도처럼 이 가슴을 찌른다. 제발 좀 그만해다오.

햄　　릿　살인자, 악당! 선왕의 백 분의 일만큼도 못한 놈! 어릿광대 임금, 영토와 왕위를 빼앗아간 놈, 선반에서 귀중한 왕위를 훔쳐다가 제 호주머니 속에 집어넣은 놈 같으니…….

왕　　비　제발 그만!

햄　　릿　거지 같은 왕 같으니…… (이때 망령이 잠옷 차림으로 나타난다) 오, 나를 구원해 주소서. 내 위에서 비호해 주소서. 수호 천신들이여! (망령에게) 대체 무슨 곡절이시오?

왕　　비　아, 햄릿이 정말 미쳤구나.

햄   릿 아, 꾸짖으러 오셨지요? 이 불초 자식이 어물어물 때를 놓치고, 중대한 어명을 실행하지 않는 이 얼빠진 꼴을? 아, 말씀하십시오!

망   령 잊지 마라! 이렇게 내가 찾아온 것은 거의 무뎌진 네 결심의 칼날을 갈아 주기 위해서이다……. 하지만 보아라, 공포에 떠는 네 어머니의 모습을. 아, 저 고민을 덜어 드려라. 심약할수록 고민은 강하게 작용하는 법이란다. 자, 어머니께 따뜻한 말을 해드려라.

햄   릿 어떠십니까, 어머니?

왕   비 너야말로 웬일이냐? 그렇게 허공을 노려보며, 아무 실체도 없는 공기와 얘기를 하니. 그렇게 미친 듯이 두 눈을 번득이고 잠결에 놀라 일어난 병정처럼 잘 빗은 머리카락을 생기가 펄펄하게 하나하나 곤두세우니, 대체 무슨 일이냐? 아, 햄릿, 진정해라. 비록 불길같이 정신이 산란하더라도 꾹 참아라. 그래 대체 어디를 그렇게 노려보고 있니?

햄   릿 아, 저것! 저것을 좀 보십시오! 아, 저렇게 창백한 낯으로 이쪽을! 저 모습, 가슴에 엉킨 원한, 이유를 들으면 목석도 감동할 것입니다. 제발 그렇게 저를 노려보지 마십시오. 그렇게 애처로운 표정으로 저를 노려보시면 저의 굳은 결심은 꺾이고 맙니다. 그렇게 되면 해야 할 과업을 잃고 피 대신 눈물을 흘리게 되고 말 것입니다.

왕　　비　대체 누구와 그런 말을 하느냐?

햄　　릿　저기 아무것도 안 보이십니까?

왕　　비　무슨 소리를 하는 건지 알 수가 없구나.

햄　　릿　그럼, 아무 소리도 안 들리신단 말입니까?

왕　　비　전혀, 우리 두 사람의 말소리밖에는.

햄　　릿　아, 저기를 좀 보십시오! 지금 사라지고 있잖아요! 아버님의 생존시와 똑같은 모습으로. 보십시오, 저리로 가십시다. 지금 막 문으로 나가십니다. (망령이 사라진다)

왕　　비　허무맹랑한 망상일 뿐이야! 광증은 용하게도 그런 환상을 그려낸다더라.

햄　　릿　광증! 보십시오, 이 맥박을. 어머니 맥박이나 다름없이 정상적으로 고동치고 있습니다. 제 말은 절대로 광증에서 나온 말이 아닙니다. 시험해 보십시오. 틀림없이 다시 옮겨 보일 테니. 광인이라면 어디선가 빗나갈 것 아닙니까. 어머니, 제발 부탁합니다. 그렇게 양심에다 자기 위안의 고약을 발라 자기 죄과를 잊고 아들의 광증 탓이라고 생각지 마십시오. 그런 고약을 가지고 표면을 얇은 피막으로 덮는 수작을 부리고 있으면 화농이 자꾸만 속으로 파먹어 들어가 부지중에 전신에 퍼지고 맙니다. 죄과를 하느님께 고백하십시오. 과거를 회개하고 앞으로 근신하십시오. 그리고 잡초에다 거름을 주어 더욱 무성케 하지 마십시오. 용서하십시오, 이런 충고를. 하긴 요새같이

타락한 세상에서는 미덕이 악덕에게 용서를 구하는 판이거든
요. 그뿐입니까, 이로운 말을 하는데도 머리를 조아리고 비위
를 맞춰야 하거든요.

왕　　비　햄릿, 너는 내 마음을 둘로 잘라 놓아 버렸어.

햄　　릿　오, 그러시면 나쁜 쪽을 버리고 나머지 쪽으로 좀더
깨끗하게 살아 보십시오. 그럼 안녕히 주무세요. 그러나 숙부
의 이부자리론 가지 마십시오. 정절이 없거든 있는 척이라도
하세요. 습관이라는 괴물은 악습일랑 먹어 삼키고 인간의 감각
을 무디게 하는 반면, 천사와 같은 일면도 있어 항상 좋은 행동
을 하게 되면, 처음에는 어색한 옷 같지만 어느새 몸에 꼭 어울
리게 마련입니다. 오늘밤을 참으시면 내일밤엔 참기가 한결 쉬
워지고, 그 다음날 밤엔 더욱 쉬워집니다. 습관은 천성을 일변
시킬 수도 있기 때문에…… 악마라도 눌러서 영 내쫓을 수 있
는 비상한 힘을 가지고 있습니다. 그럼 다시 한 번, 안녕히 주
무십시오. 회개하여 하느님의 자비를 구하실 때는, 저도 같이
축복의 기도를 해드리겠어요. 이 영감은 (폴로니어스를 가리키
면서) 불쌍하게 되었습니다. 하지만 다 천려(天慮), 신은 이것
으로 저를 벌 주시고, 저를 도구삼아 이 노인을 처벌하신 것입
니다. 저는 신의 벌을 받고, 또한 신의 벌을 실행하는 사람입니
다. 시체는 제가 처리하겠습니다. 그리고 사람을 죽인 책임도
제가 지겠습니다. 그럼 다시 한 번, 안녕히 주무세요. 자식된

자로서 간언을 하자니 이렇게 너무 가혹하게 될 수밖에요. 이
건 나쁜 일의 서막이고, 더 나쁜 일이 뒤에 남아 있습니다…….
(나가려다 다시 돌아와서) 한 마디만 더, 어머니.

왕　비　어찌해야 하느냐, 나는?

햄　릿　무슨 일이고 하십시오. 지금 한 말들은 모두 잊어버리
고, 비곗덩이 같은 왕이 꾀거든 침실로 따라가시지요. 음탕하
게 볼을 꼬집히고, 요 귀염둥이 생쥐라고 부르라고 하십시오.
텁텁한 입으로 두어 번 입을 맞추고, 그 징글맞은 손가락으로
목덜미를 투덕투덕 간지럽히거든, 그때는 얘기를 다 고해 바치
시지요. 실은 그 애가 미친 것이 아니라, 미친 척 가장한 것이
라고. 그렇게 사실대로 아뢰는 것이 유리할 겁니다. 미모와 숙
덕과 현철을 겸비하신 어머님이 아니고서야 누가 그런 중대사
를 숨기려 하겠습니까. 그 두꺼비 같은 아범, 박쥐 서방, 수코
양이 놈한테? 어림도 없는 수작이죠. 아니, 지각도 비밀도 소
용없으니까. 무슨 원숭이 얘기마따나, 용마루에 새장을 들고
올라가서 새들을 죄다 날려 보내 버리고, 자기도 한번 해본답
시고 그 속에 기어들어 가 뛰어내리다가 낙상하여 목이나 부러
뜨리시지요.

왕　비　염려 마라, 사람의 말이 입김으로 된 것이라면, 그리
고 입김은 목숨으로 된 것이라면, 나는 네 말을 누설할 만한 목
숨도 입김도 없으니 말이다.

햄   릿 저는 영국으로 가게 되었습니다. 아십니까?

왕   비 아, 참 깜빡 잊었군. 그렇게 결정된 모양이다.

햄   릿 국서는 이미 봉함되고, 독사만큼 믿음직한 친구 두 놈
은 이미 왕명을 받고 있습니다…… 이놈들이 길잡이가 돼서 나
를 함정으로 몰고 갈 모양입니다만, 해보라죠. 제 손으로 묻은
지뢰가 터져 중천으로 날아 올라가는 꼴이란 보기에도 신나는
일이거든요. 두고 보십시오. 내 꼭 그놈들이 묻어 놓은 지뢰 밑
을 석 자 가량 파서 놈들이 달나라까지 올라가도록 폭파시킬
테니까. 아, 참 신난다, 원수는 외나무 다리에서 만난다고 하는
데……. 이젠 저 친구를 처리해야 하는데, 시체를 옆방으로 끌
고 가야겠다. 어머니, 그럼 정말 안녕히 주무십시오. 이 재상님
은 이제 겨우 조용해져서 비밀도 지키고, 제법 엄숙해졌군요.
생전에는 어리석은 수다쟁이였지마는……. 자, 끌고가 볼까,
일을 끝내야지. 안녕히 주무십시오, 어머니. (시체를 끌고 퇴장.
혼자 남은 왕비는 침대에 엎드려서 흐느껴 운다)

제4막

제1장 같은 장소

잠시 후 왕이 로젠크랜츠와 길덴스턴을 거느리고 등장.

왕 (왕비를 안아 일으키면서) 그 한숨, 그 탄식, 무슨 일이 있는 가보구려. 곡절을 이야기해 보시오. 짐도 응당 알고 있어야 하니까. 그래, 왕자는 어디 있소?

왕 비 잠깐만, 두 분은 물러가시오…… (로젠크랜츠와 길덴스턴 퇴장) 아, 폐하, 오늘밤에 참으로 끔찍한 일을 당했어요!

왕 무슨 일인데? 햄릿이 어떻게 했소?

왕 비 영 미쳐서, 흡사 바다와 바람이 겨루면서 광란하는 것과 같다고나 할까. 한창 미쳐 날뛰는데, 커튼 뒤에서 인기척이 나자 휙 칼을 빼들더니, '쥐새끼다, 쥐새끼!' 하면서 미치광이처럼 뒤에 숨은 폴로니어스를 찔러 죽였어요.

왕 아이고, 저런! 그 자리에 있었더라면 나도 봉변을 당할 뻔했구나. 가만히 방임해 두다간 나나 당신이나, 누구나 다 모든 사람이 큰 화를 입겠소. 아, 이 참살에 대해서 뭐라고 변명한단 말이오? 세상이 나를 책망할 것 아니오. 이 젊은 미치광이를 미리 경계해서 외부와 접촉하지 못하게 해놨어야 했을 것을. 아버지와 아들 사이라는 것을 핑계로 그만 최선의 수단을 회피하고 있었구려. 무슨 고질병이라서 밖에 소문나지 않게 숨기려다가 도리어 자기 생명을 잃고 만 격이 됐구려. 대관절 어디 갔소, 왕자는?

해
릿

왕 비 자기 손으로 죽인 시체를 치우러 나갔습니다. 천한 광석 속에 묻혀 있는 순금처럼 광란 중에도 한줄기 맑은 정신은 남아 있는지, 회개의 눈물을 쏟더군요.

왕 아 왕비, 안으로 들어갑시다! 해가 동산에 솟는 것을 기다려 이내 왕자를 떠나 보내야겠소. 이 불상사는 권력과 계책으로 적당히 변명을 할 수밖에 없소. 여봐라, 길덴스턴! (길덴스턴과 로젠크랜츠 다시 등장) 너희 두 사람은 가서 몇 사람 더 청해다가 일을 도와줘야겠다. 실은 왕자가 광증에 그만 폴로니어스를 살해하여 지금 왕비 침실에서 시체를 끌고 나간 모양인데……. 좀 가서 찾아보아라. 잘 말해서 시체를 예배당 안으로 안치하도록 해라. 수고스럽지만 어서 서두르도록. (두 사람 퇴장) 여보 왕비, 곧 유능한 심복들을 소집하여, 이 갑작스런 불상사의

선후책을 알려야겠소. 세상의 험구는 화살이 과녁을 정확히 맞
추듯이 지구 끝까지 그 독설을 쏘아대는 법, 그러니 이렇게 미
리 손을 써놓으면 허탕만 치고, 내 명성은 다치지 않을 것이오.
자, 들어갑시다. 나는 갈피를 잡을 수 없이 불안한 생각뿐이오.
(퇴장)

제2장 궁성 안의 다른 방

햄릿 등장.

햄   릿 이만하면 잘 간수됐지.

로젠크랜츠 왕자 전하! 왕자 전하!

길덴스턴 왕자 전하! 왕자 전하!

햄   릿 가만 있자, 저 소리는? 누가 나를 부르나? 아, 저기들
온다.

로젠크랜츠와 길덴스턴, 호위병을 데리고 허둥지둥 등장.

로젠크랜츠 왕자님, 시체는 어떻게 하셨습니까?

햄   릿 흙과 섞었지, 서로 동류니까.

로젠크랜츠 어디 두셨는지요? 저희들이 찾아다가 예배당으로
  안치해야겠습니다.

햄   릿 믿지들 마라.

로젠크랜츠 무엇을 말씀입니까?

햄   릿 글쎄, 내가 자네들의 비밀을 지켜 주고, 나의 비밀은
  밝히리란 걸 말야. 더구나 왕의 아들이 해면(海綿) 같은 놈의
  질문에 쉽사리 대답할 줄 알고?

로젠크랜츠 해면 같은 놈이라고요?

햄   릿 암, 물론이지. 임금의 총애와 권세를 빨아들이는 해면
  같은 놈이지. 하긴 그런 잇속 나부랑이가 왕으로서는 가장 긴
  요하거든. 글쎄, 왕은 그런 족속들을 능금알 모양 입 속에다 넣
  어 두거든. 처음엔 넣어만 두었다가 마침내 삼켜 버리지. 자네
  들에게 발라 놓았다가 필요시엔 꾹 짜기만 하면 되거든.

로젠크랜츠 그 말씀 도무지 알아듣지 못하겠습니다.

햄   릿 거 참 반가운 말인걸…… 독설은 우매한 자의 귀에는
  소 귀에 경 읽기니까.

로젠크랜츠 전하, 시체 두신 곳을 말씀하십시오. 그리고 같이
  어전으로 가십시다.

햄   릿 시체는 이미 선왕 어전에 가 있어. 대저 국왕이라는
  것은…….

길덴스턴 국왕이라는 것은?

햄　릿 하찮은 것이란 말이야. 자, 폐하께 안내해다오. 꼭꼭 숨어라, 찾으러 간다. (햄릿 달려나간다. 일동, 뒤를 쫓아간다.)

제3장 궁성 안의 홀

왕이 2, 3명의 중신들과 탁자에 마주 앉아 있다.

왕 아무튼 왕자를 붙들어서 시체를 찾아오라고 조금 전에 사람을 보냈소. 마음대로 나다니게 방임해 둬서는 위험천만이거든! 그렇다고 엄벌에 처할 수도 없는 노릇, 태자는 경박한 민중들 간에 인기가 있으니 말이오. 도대체 민중이란 이성으로 판단하는 것이 아니라 다만 눈으로 보아서 좋으면 가부를 정하고, 따라서 범죄자가 받는 형벌만을 문제시하며, 범죄 그 자체는 생각지 않거든. 일을 원만히 처리하기 위해서는 왕자를 급히 해외로 파견할 수밖에 없소. 심사숙고한 끝에 그와 같은 조처를 취한 것처럼 가장해야 해. 절망적인 병은 절망적인 방법으로 치료해 볼 수밖에 도리가 없으니까.

로젠크랜츠와 길덴스턴 등 등장.

왕 웬일이냐! 어떻게 되었느냐?

로젠크랜츠 시체를 감추어 두신 곳을 도무지 말씀해 주시지 않
  습니다.

왕 대체 왕자는 어디 있느냐?

로젠크랜츠 밖에 와 계십니다. 분부가 계실 때까지 감시병을 달
  아 두었습니다.

왕 이리 불러들여라.

로젠크랜츠 여봐라! 전하를 어전으로 모셔라.

햄릿, 호위되어 등장.

왕 아 햄릿, 폴로니어스는 어디 있느냐?

햄   릿 식사중입니다.

왕 식사중? 어디서?

햄   릿 먹고 있는 중이 아니라 먹히고 있는 중입니다…… 지
  금 정치 구더기들이 모여서 한참 먹고 있는 중입니다. 구더기
  란 회식의 제왕이거든요. 우리는 우리가 살찌자고 다른 동물들
  을 살찌게 하고, 우리가 살찌는 것은 구더기를 살찌게 하자는
  것입니다. 살찐 임금이나, 야윈 거지의 맛은 다르지만 같은 식
  탁에 오른 두 접시 요리랄까…… 결국은 마찬가집니다.

왕 원, 이것 참!

햄   릿 왕을 뜯어먹는 구더기를 미끼로 붕어를 낚고, 그 구더
기를 먹고 살찐 붕어를 먹곤 합니다그려.

왕 무슨 소리냐, 그건?

햄   릿 그저, 임금님께서 거지 뱃속을 순행하실 수 있다는 것
을 말씀드린 것뿐입니다.

왕 폴로니어스는 어디 있느냐?

햄   릿 천당에 있습니다. 신하를 보내서 알아보십시오. 만약
찾아오지 못하거든, 폐하 자신께서 몸소 지옥에 가서 찾아보십
시오. 하지만 이달 안에 정 찾지 못하시거든, 복도로 통하는 계
단을 뒤져 보십시오. 거기서 냄새가 날 테니.

왕 (시종들에게) 거기 가서 찾아보아라.

햄   릿 천천히들 가 보라구, 도망치지는 않을 테니. (시종들
퇴장)

왕 햄릿, 이번 사건, 짐이 몹시 상심하는 바이고 또 무엇보다도
네 일신의 안전을 소중히 여기는 터이다. 그러므로 일이 이렇
게 되고 보니, 황급히 이곳을 떠나 주어야만 하겠다. 그러니 곧
준비를 해라. 선편이 이미 마련되어 있고, 때마침 순풍이며, 부
하들도 대기중이다. 즉 영국 행 준비는 만반 갖추어져 있다.

햄   릿 영국 행이라뇨!

왕 그렇다.

햄   릿 좋습니다.

126

왕　음, 그래야지. 내 본의를 알아 준다면.

햄　릿　그 본의를 간파하는 천사가 눈에 보입니다. 하지만 가
겠습니다. 영국으로! (절을 하며) 안녕히 계십시오, 어머니.

왕　사랑하는 아버지는, 햄릿?

햄　릿　어머니면 되죠…… 아버지와 어머니는 남편과 아내,
남편과 아내는 일심동체, 그러니까 어머니면 충분하죠. (호위
병들을 돌아다보면서) 자 가자, 영국으로! (호위되어 퇴장)

햄
릿

왕　(로젠크랜츠와 길덴스턴에게) 어서 뒤를 따라가서 바로 배에
태우도록 해라, 지체 말고 당장. 오늘밤으로 떠나 보내야겠다.
어서! 기타 절차는 만반 준비되어 있다…… 신신 부탁한다. 어
서 급히…… (왕만 남고 일동 퇴장) 그런데 영국 왕이여, 짐의
호의를 존중한다면…… 그야 충분히 인지하고 있을 터이지만,
덴마크 군의 창검이 휩쓸고 지나간 상처는 아직도 생생하고 또
한 자청해서 충성을 표해 왔던 터이므로…… 설사 짐의 엄명을
소홀히 하지는 않겠지. 내용은 국서에 명시돼 있지만, 취지인
즉 즉시 햄릿을 사형에 처할 것, 이를 반드시 실행할사, 영국
왕이여! 무슨 열병인 양, 그자가 내 혈관 속에서 발악을 하는
데, 이 치료 역할은 영국 왕 그대니까. 처치된 것을 알기 전에
는 천하 없이 운이 트인다 해도 내 기쁜 날이 시작되지는 않을
것이다. (퇴장)

제4장 덴마크, 어느 항구 근처의 광야

포틴브라스가 군대를 이끌고 진군.

포틴브라스 부대장, 가서 덴마크 왕께 문안 여쭈어라. 그리고 이 포틴브라스가, 약속대로 지금 영토를 지나가겠으니, 지장 없으시다면 재가해 주시길 간청한다고 전해라. 다시 만날 지점은 알고 있지. 그리고 폐하께서 원하신다면 어전에 가서 경의를 표하겠다고, 그렇게 아뢰라.

부 대 장 예, 분부대로 하겠습니다. (부대장 일행은 작별하고 나간다)

포틴브라스 (휘하 군대에게) 자, 진군, 서서히. (부대를 거느리고 퇴장)

부대장이 도중에서 항구로 향하고 있는 햄릿, 로젠크랜츠, 길덴스턴, 호위병들을 만난다.

햄　릿 여보게, 이 군대는?

부 대 장 노르웨이 군대입니다.

햄　릿 출정하는 목적이 무엇인가?

부 대 장 폴란드 지방 공략을 위해섭니다.

햄   릿 지휘자는 누구인가?

부 대 장 노르웨이 노왕(老王)의 조카 포틴브라스입니다.

햄   릿 폴란드 본토를 쳐들어가는 중인가, 혹은 어느 국경을 치러 가는 중인가?

부 대 장 사실대로 말씀드리자면 그저 명목밖에는 아무 이득도 없는 손바닥만한 지역을 점령하러 가는 중입니다. 소작료 5더 커트만 내라고 해도, 단돈 5더커트만 내라고 해도, 저 같으면 그런 토지는 부쳐 먹지도 않겠습니다. 또한, 노르웨이 왕이든 폴란드 왕이든, 그걸 사유지로 팔아 봐도 별 돈은 안 될 땅입니다.

햄   릿 그럼 폴란드 인들은 그까짓 땅을 수비하지도 않을 것 아닌가?

부 대 장 웬걸요. 이미 수비대가 배치돼 있답니다.

햄   릿 2천의 생명과 2만 더커트의 비용을 가지고도 이 하찮은 문제는 해결되지 않을 것이다! 나라가 부해지고 안일에 빠지면 이런 문제가 생기게 마련이지. 내부에서 곪아 터져도, 외부에는 아무런 증세도 나타나지 않지만, 생명을 잃고 마는 법…… 아 그럼, 감사하오.

부 대 장 그럼 이만 실례하겠습니다. (퇴장)

로젠크랜츠 그럼 이젠 가보실까요?

햄   릿 내 곧 따라갈 것이니, 먼저들 가다오. (햄릿만 남고 일동 퇴장) 아, 눈에 걸리는 일마다 나를 가책하고 둔해진 내 복수심에다 매질을 하는구나! 인간이란 대체 무엇인가? 만약 인간의 주요 행위와 일생의 영위가 단지 먹고 자는 것뿐이라면 짐승과 다를 바 없잖는가. 신이 인간에게 무궁한 판별력을 부여하고, 전후를 살피도록 해주심은, 그 능력과 신과 같은 이성을 쓰지 않고 곰팡이가 슬도록 하시려 함은 아닐 것이다. 과연 그렇다면 대관절 짐승같이 잊기 쉬운 탓인지 또는 일의 결과를 너무 세심하게 염려하는 소심자의 주저 탓인지. 글쎄 사유란 4분의 1만이 지혜이고, 나머지 3은 언제나 겁인 탓인지 모르지…… '이 일만은 해야겠다.'고 입에 올리면서 왜 날만 허송하고 있느냐 말이다. 내 그 일을 실행할 만한 명분과 의지와 실력과 수단을 가지고 있지 아니한가……. 대지와 같이 소연(照然)한 실례가 나를 훈계하잖는가. 저 군대를 좀 보라. 수많은 인원, 막대한 비용, 더욱이 그 인솔자는 가냘픈 젊은 귀공자. 그러나 그 정신은 고매한 공명심으로 충만해서, 미지의 미래사를 코웃음치고 한 번 죽으면 그만인 몸을 내던져 운명과 죽음과 위험을 무릅쓰는데, 그 목적이 무엇이냐 하면 달걀 껍질만한 땅이 아닌가…… 진정으로 위대하다면, 대단한 원인도 없이 그저 덤비는 것은 아니지만, 남자의 명예와 관계될 때에는 지푸라기만한 문제도 당당히 싸워야 할 것 아닌가. 그런데 나는 이 무슨 꼴이냐? 아버지는 살해당하고, 어머니는 더럽혀지고,

이만하면 이성과 피가 분기할 텐데 여전히 잠꼬대만 하고 있으니! 보라, 창피하지 않은가. 2만 군졸의 죽음이 박두하고 있잖은가. 환상 같은 허망한 명예를 잡기 위하여 마치 잠자리로 가듯이 찾아가잖는가. 대군이 자웅을 겨눌 수도 없는 촌지(寸地), 전사자들을 다 묻을 수도 없는 척도(尺度)를 위하여 싸우려 하잖는가! 아, 이제부터 마음은 잔인해지고, 그 밖에는 아무것도 생각하지를 마라! (퇴장)

수 주일이 경과한다.

제5장 엘시노어 궁성의 한 방

왕비, 시녀들, 호레이쇼, 신사 한 명 등장.

왕 비 그 애와 만나 이야기하고 싶지 않소.

신 사 그래도 기어이 만나 뵙겠다고 졸라대고 있습니다. 뿐만 아니라 영 미쳐 버린 모양인데, 차마 두 눈으로 볼 수 없을 지경입니다.

왕 비 어찌해 달라는 거요?

신 사 자꾸 자기 아버지 말을 하고 있습니다. 세상에는 별별 괴상한 일이 다 일어난다는 둥 하면서, 에헴 하고 기침도 해봤다, 제 가슴을 쳐봤다, 또 무슨 소린지 잘 통하지도 않는 말을 중얼거리기도 합니다. 물론 내용은 무의미한 말들입니다만. 그래도 어찌나 애처롭던지, 도리어 듣는 사람에게는 무슨 의미가 있는 듯이 들리는데…… 그들은 저마다 추측하여 해석들을 합니다. 게다가 눈짓, 머리짓, 몸짓 등을 참작해 보니, 물론 확실치는 않지만 무슨 큰 불행이 있었다고밖에 생각할 수 없습니다.

호레이쇼 아무튼 만나 보시는 것이 좋을 성싶습니다. 저러다간 우매한 백성들 마음속에다 위험한 억측의 씨를 뿌리게 될는지도 모릅니다.

왕 비 그럼 불러들이시오. (신사 퇴장. 왕비, 혼자말로) 죄악의 본성이 원래 그런 것이지만, 병든 이 영혼에게는 사소한 일 하나하나가 무슨 큰 재앙의 서곡같이만 보이네. 죄진 몸은 겁이 많아서 감추려고 애를 쓸수록 도리어 나타나고 마는 법.

신사가 오필리어를 데리고 등장. 오필리어는 광란해 있다. 머리가 어깨까지 내려오고, 손에는 류트(악기)를 들고 있다.

오필리어 덴마크의 아름다운 왕비마마는 어디 계시나요?

왕 비 오, 오필리어, 너 이게 웬일이냐?

오필리어 (노래를 부른다)

우리 님을 어떻게 알아 낼까,

남의 님과 구별하여?

조가비 모자와 지팡이에 샌들 차림인

순례의 나그네가 우리 님.

왕　　비　오, 오필리어, 그 노래의 의미는?

오필리어　의미요? 아무튼 좀더 들어 보셔요. (노래한다)

님은 갔어요, 영영.

내게서 영영 갔어요.

머리맡엔 초록 잔디풀,

발치에는 묘비 하나.

왕　　비　애, 오필리어야…….

오필리어　제발 가만히 들어 보셔요. (노래한다) 수의는 산정의

　　눈과 같이 희고…….

　　왕 등장.

왕　　비　아, 전하, 저걸 좀 보십시오.

오필리어　(계속 노래한다)

꽃 속에 파묻혀

무덤으로 길 떠나네.

사랑의 눈물은 비 오듯 하고.

왕 아, 오필리어, 그래 웬일이냐?

오필리어 예, 고맙습니다! 남들이 그러는데 올빼미는 원래 빵집
딸이었대요. 정말이지 우리들이 오늘은 이러고 있지만 내일은
어떻게 될지 누가 알아요? 진지 많이 드세요, 네?

왕 죽은 부친 생각을 하고 있구나.

오필리어 제발 그 얘긴 그만두세요. 하지만 사람들이 까닭을 묻
거든, 이렇게 대답하세요, 네? (노래한다)

내일은 발렌타인 명절날,

동이 트면 새벽 일찍,

이 처녀는 창 밑에 가서

당신을 기다릴게요.

총각은 일어나 옷을 입고,

방문을 열어 주니,

처녀는 방으로 들어가고,

나갈 때는 처녀가 아니더라.

왕 아이고, 오필리어!

오필리어 아 참, 군소리 말고 노래나 끝내야죠. (노래한다)

해
릿

신의 이름에 두고
아이고 창피야, 내 신세!
아무리 사내들의 습성이라도
그건 너무도 얄미운 심사.
자리에 쓰러뜨려 뉘일 때는
백년 해로를 약속하더니,
이제 와선 핑계가
먼저 찾아오지 않았던들
정말 부부가 될 생각이었다나.

왕 언제부터 저 모양이오?

오필리어 모든 일이 잘 되겠죠. 매사를 참아야 합니다. 하지만
저는 울지 않을래야 울지 않을 수가 없어요. 차디찬 땅 속에 묻
힌 아버님을 생각하니. 오빠 귀에도 그 말이 들어갈 테지. 충고
말씀은 참 감사합니다. 자, 마차야 가자! 안녕히 주무셔요. 여
러분, 여러분, 안녕히 주무셔요, 안녕히. (퇴장)

왕 곧 뒤를 따라가 봐라. 부디 감시를 좀 단단히 해다오. (호레
이쇼와 신사, 오필리어를 따라서 퇴장) 아 그건 깊은 비통이 빚

어낸 병고인 것 같구나. 그 뿌리는 부친의 횡사에 있지. 아, 저런 꼴이 되다니! 여보 왕비, 화불단행(禍不單行)이라더니, 먼저 부친이 살해당하고 다음엔 태자가 가버리고. 하기야 불행의 장본인은 왕자니까 추방도 자업 자득이긴 하지만. 그러나 백성들은 폴로니어스의 사망에 대해서 억측이 구구하고 시비가 분분한 모양인데…… 짐 또한 지금에 와 생각해 보니 경솔한 짓을 했구려. 그 시체를 쉬쉬해 가며 허겁지겁 매장해 버리다니…… 그래서 가엾게도 오필리어가 실성하여 판단력을 잃고 말았지. 저렇게 돼서는 인간이란 명목뿐, 짐승과 다름없으니. 거기다가 이에 못지않는 사건인즉 오필리어의 오빠가 비밀리에 프랑스에서 귀국해 왔는데, 의혹 때문인지 도무지 모습을 나타내지 않는구려. 부친의 사망에 대해 역병 같은 소문을 귀에다 속살거려 주는 말꾼들인들 어찌 없겠소. 그렇게 되면, 진상이 애매하면 애매한 대로 필연 나를 비난하는 소리가 없을 수도 없는 법, 이 귀에서 저 귀로, 아, 여보 왕비, 이번 일은 빗발치듯 이 몸 전신에 빈틈없이 치명상을 입힐 거야! (이때 밖에서 요란한 소리가 들려 온다.)

왕　비　어머나, 저 소동은?

왕　(큰 소리로) 여봐라! (종자 한 사람 등장) 호위병은 어디 갔느냐? 빨리 와서 궁문을 지키라고 해라. 대체 무슨 일이냐?

시　종　폐하, 어서 피신하십시오. 해일이 해안을 넘어 평지를 범람하는 이상의 기세로, 레어티스 청년이 폭도를 거느리고 와서 경호대를 위압하고 있습니다. 오합지졸들은 그놈을 국왕이라 부르고 있습니다. 그리고 세계가 지금 새로 시작이나 된 것처럼 온갖 질서의 기준이며 지주(支柱)인 과거를 잊어버리고 관습도 내던져 버리고, 입들을 모아 '자 우리들이 레어티스를 왕으로 모시자!' 하고 고함을 지르고들 있습니다. 그리고 모자를 공중에 내던지고 손뼉을 치며 하늘이 무너져라고 '레어티스를 왕으로 모시자, 레어티스를 왕으로!' 하고들 소리를 지르고 있습니다.

왕 비 원, 제깐엔 의기양양하게 짖어 대는 모양인데, 냄새를 잘못 맡았어! 아, 방위가 틀렸지. 요, 망은의 무리, 덴마크의 개 같은 것들!

왕 문을 부수는구나.

레어티스, 무장을 하고 난입한다. 그 뒤에 군중이 따라 들어온다.

레어티스 왕은? 모두들 밖에서 기다리시오.

군   중 아닙니다, 우리들도 들어가겠습니다.

레어티스 제발, 이 일은 내게 맡겨다오.

군   중 예, 그럽시다. (군중 일동, 문 밖으로 물러간다)

레어티스 고맙소, 문을 지켜 주오. 그런데 이 흉악한 왕아, 내 아버지를 내놔라!

왕　　비 레어티스, 좀 진정해라.

레어티스 진정할 수 있는 피가 내 몸 속에 한방울이라도 있다면, 그건 내가 아버지의 진정한 아들이 아닌 증거. 따라서 우리 아버지는 간부(姦婦)의 남편이 될 것이며, 진정한 우리 어머니의 순결 무구한 이마에는 창녀의 낙인이 찍히는 셈이 될 것이오. (앞으로 다가온다. 왕비가 그를 가로막는다.)

왕 레어티스, 대체 무슨 원인으로 이렇게 야단스럽게 반역을 도모하느냐? 왕비, 그냥 내버려 두시오. 내 일신에 대해서는 염려 마오. 왕의 일신에는 신의 가호가 내려 역신이 설혹 불온한 뜻을 품고 기웃거려 보기로서니 그 뜻을 이루지 못하는 법. 어디 좀 말해 봐라, 대관절 왜 그렇게 격분하고 있느냐?…… 왕비, 내버려 두라니까. 자, 말 좀 해보아라, 레어티스야.

레어티스 우리 아버지를 어떻게 했소?

왕 돌아가셨다.

왕　　비 그렇지만 폐하께서 어찌하신 게 아니다.

왕 어디 실컷 물어 봐라.

레어티스 어떻게 돌아가셨냔 말이오? 날 속이려 해봤자 안 될 말, 충성 따위는 지옥으로나 사라지라지. 군신의 맹세, 그 따위 것은 가장 흉악한 악마나 와서 물어 가라지. 양심이니 신앙 따위는 지옥의 나락 속에 처박자꾸나! 내, 지옥에 떨어져도 좋다.

똑똑히 말해 두지만, 현세나 내세가 다 뭐냐, 될 대로 돼라. 그렇지만 내 아버지의 원수만은 기어이 갚고 말겠다.

왕 아니, 누가 막는대?

레어티스 설사 천하가 달려들어 막는다 해도 당할쏘냐, 내가 납득되기 전에는. 비록 그 역량은 부족하지만 온갖 수단 방법을 다해서 기어이 해볼 테요.

왕 이 사람아, 자네 부친의 사망에 대해서 확실한 사정을 알고 싶다면 어디 그래서야 되나. 마치 환장한 노름꾼 모양 친구와 원수를 분간 않고, 승자나 패자를 몽땅 걸어차서야 어디 복수의 골자가 옳게 쓰여졌다고 할 수 있겠는가?

레어티스 물론 원수만이 상대죠.

왕 그럼, 그 원수를 알고 싶지?

레어티스 친구에 대해서는 이렇게 팔을 벌리고 맞겠소. 제 피로 새끼를 기른다는 펠리칸처럼 내 피를 가지고 접대하겠소.

왕 아, 과연 옳은 말이로다. 참 기특한 자식답고, 훌륭한 신사답구나. 네 부친의 사망에 대해서 나는 전혀 무죄일 뿐 아니라 누구보다도 애통해하고 있는 처지다. 이는 눈에 비쳐들 듯이 분명한 사실인 즉 너도 이제 알거다.

군   중 (밖에서) 안으로 들여보내라, 들여보내.

레어티스 어! 저 소동은? (오필리어가 손에 꽃을 들고 다시 등장) 아, 가슴의 불꽃아, 뇌수를 말려 주려무나. 눈물아, 일곱 배로

짜디짜져서 이 눈의 시력을 태워 주려무나! 하느님께 맹세하지만 네 광증의 원수를 충분히 갚아 주마, 저울대가 기울도록. 아, 오월의 장미꽃, 귀여운 처녀, 다정한 누이동생, 아름다운 오필리어! 오 하느님, 젊은 처녀의 이성이 노인의 목숨같이 과연 이럴 수가 있습니까? 부모를 사모하는 나머지 결국은 자기의 가장 소중한 것을 내버려서까지 그 뒤를 따라가기 마련이거든.

오필리어 (노래한다)

맨머리로 관에 얹어 떼메고 갔지.
헤이 난 나니, 나니, 헤이 나니,
무덤에는 억수 같은 눈물이…….
안녕히, 소중한 분!

레어티스 네가 멀쩡한 정신으로 복수를 애걸한대도 내 마음을 감동시키지는 못할 것이다.

오필리어 노래 부르셔야 해요. 그분은 지하에 파묻혀 버리잖았어요. 오, 물레바퀴에 장단이 참 잘도 맞는구나! 참 나쁜 청지기도 다 있죠. 주인네 딸을 도둑질하다니.

레어티스 저 무의미한 말이 도리어 내겐 뼈저린걸.

오필리어 (레어티스에게) 이 만수향은 잊지 말라는 표적이고요, 제발 잊지 마세요, 네? 그리고 이 상사꽃은 생각해 달라는 꽃이고요.

레어티스 훈계를 하는구나, 생각하고 잊지 말라고.

오필리어 (왕에게) 이 회향꽃과 매발톱꽃은 폐하께. 왕비님께는 이 회비(悔悲)꽃을. 저도 하나 갖고요. 이 꽃은 안식일의 천혜초(天惠草)라고도 해요……. 그러니까 왕비님께서 이 꽃을 달 때와는 의미가 좀 달라질 수밖에. 실국화도 있어요. 오랑캐꽃을 좀 드릴까요? 하지만 그 꽃은 죄다 시들어 버렸다오. 우리 아버지 돌아가시던 날에…… 그런데 우리 아버진 극락 왕생을 하셨다나요. (노래한다)

해
릿

귀여운 파랑새는 나의 사랑새…….

레어티스 수심과 번민과 고뇌는 물론 지옥의 가책까지를, 저 애는 곱고 알뜰한 것으로 바꿔 놓는구나.

오필리어 (노래한다)

다시 오지 않으련가?

다시 오지 않으련가?

영영 가셨으니, 다시 오지는 않으시고.

끝날까지 기다린들,

어찌 다시 오실라고.

수염은 백설 같고,

머리는 백마(白麻) 같던 분,

이제는 영영 가시고,

한탄한들 다시 오리,

명복이나 빌어 볼까!

그리고 여러분들 영혼 위에도 하느님의 축복이 내리기를 빕니다. 안녕히. (퇴장)

레어티스 저 꼴 봤죠? 이럴 수가.

왕 레어티스야, 너의 그 비통을 나도 좀 나눠 갖자꾸나. 거절할 까닭은 없잖느냐. 자, 잠시 물러가서 네 친구 중 누구든지 좋으니, 가장 분별 있는 놈을 불러다가 내 말과 네 말을 들어 시비 판단을 시켜 보려무나. 만약 이번 사건에 직접으로나 간접으로나 내게 의심스런 점이 있다고 하면, 이 국왕의 왕관이며 생명이며, 소위 나의 소유 일체를 그 보상으로 네게 양도하겠다. 하지만 그렇지 않은 경우는 진정하고 내 말대로 해라. 그러면 나는 너와 일심 협력하여 네 원한이 풀리도록 힘써 주겠다.

레어티스 좋소, 그렇게 하지요. 아버님의 그와 같은 죽음, 은밀한 장례식, 게다가 유해를 장식할 위패도, 검도, 가문도 무덤 위에 걸어 놓지 않았을 뿐더러, 장엄한 예식도, 격식대로의 의식도 없었다고 하니, 억울한 혼귀의 곡성이 천지에 울리는 듯합니다. 나는 기어이 진상을 규명해야만 하겠습니다.

왕 물론 그래야지. 그리고 죄 있는 곳에는 응당 응징의 철퇴를
    내려야지. 자, 같이 안으로 들어가자. (두 사람 퇴장)

제6장 같은 장소

호레이쇼 기타 등장.

호레이쇼 어떤 분이오, 나와 만나고 싶다는 분들이?
신   사 선원들입니다. 편지를 가지고 왔다고들 합니다.
호레이쇼 불러들이시오. (종자 한 사람 퇴장. 혼자말로) 누가 보
    낼 사람이 있을라고, 햄릿 왕자께서가 아니고는.

종자가 선원들 수명을 안내해 온다.

선 원1 안녕하십니까!
호레이쇼 오, 안녕하신가!
선 원1 감사합니다. 여기 편지를 한 장 가지고 왔습니다. 영국
    으로 가시는 사절께서 보내온 편진데요, 댁이 바로 호레이쇼
    님이십니까. 그렇게 알고 왔습니다만.
호레이쇼 (편지를 받아서 읽는다) '호레이쇼, 편지를 받아 보거

143

든, 이 분네들을 국왕과 만날 수 있도록 알선해 주오. 별도로 왕께 보내는 편지를 가지고 가나⋯⋯우리는 출항한 지 채 이틀도 못 돼서, 어마어마하게 무장한 해적단의 추격을 받았다네. 우리 배가 속력이 느린 것을 깨닫고 우리는 체념하여 싸웠는데, 그 통에 나는 적선으로 옮겨 타고 말았네. 그 순간 적선은 우리 배에서 물러가고, 결국 나 혼자만이 포로가 되고 말았지. 그들은 의적답게 나를 대우해 주네. 실은 이것도 다 나를 이용하여 후에 덕을 보자는 요량이거든. 별봉의 편지는 꼭 국왕 손에 들어가게 알선해 주게. 그리고 나서는 죽음에서 도망치는 사람만큼이나 급히 나한테로 달려오게. 자네에게 할 말이 있어 그러는데, 얘기를 들으면 자네는 놀라서 말문이 막힐 거네. 그러나 편지로는 사건의 중대성을 도저히 전할 수 없네. 나 있는 곳까지의 안내는 이 분네들이 해줄 거네. 로젠크랜츠와 길덴스턴은 그냥 영국 행 항해를 계속하는 중이라네⋯⋯. 이 두 사람에 관해서도 할 이야기가 많네. 총총. 친우 햄릿으로부터.' (선원들에게) 자, 가져온 편지, 국왕께 전하도록 알선해 드리겠으니 이리들 오시오. 될 수 있는 대로 속히 전달하고 나를 안내해 주시오, 이 편지를 보내신 분에게로. (일동 퇴장)

제7장 같은 장소

왕과 레어티스 들어온다.

왕 이제는 내가 무죄란 것을 네 양심으로 믿고, 나를 너의 둘도 없는 친구로 알아야 한다. 글쎄 총명한 너인 만큼 충분히 납득했으리라 생각하는데, 네 부친을 살해한 놈이 실은 내 생명까지도 노리고 있다.

레어티스 예, 그 일은 납득이 될 것 같습니다만, 그러나 어째서 즉시 처벌을 내리지 않으셨단 말입니까? 응당 처벌하셔야 할 실로 대죄 아닙니까? 폐하의 안전으로 보거나 권위상, 분별상, 기타 어떤 점으로 보거나 엄중히 처벌해야 마땅할 것 아닙니까?

왕 거기에는 두 가지 특별한 이유가 있지. 네가 보기엔 하찮게 보일지 모르나, 내게는 아주 중대한 이유가 된단 말이다. 생모 왕비는 그 녀석을 보지 않고선 하루도 못 산다는 위인이다. 또 나로 말하자면 이게 내 장점인지 화근인지, 아무튼 내 목숨과 영혼이 왕비에게 푹 빠져 있는 형편이라 성신이 궤도를 떠나서 못 돌듯이 나도 왕비를 떠나 살 수가 없구나. 내가 그를 공공연하게 처벌하지 못한 또 하나의 이유는 일반 백성이 그를 지극히 사랑하고 있다는 점이다. 백성들은 그의 죄과를 애정 속에

햄
릿

담아 놓고 보기 때문에, 마치 나무를 돌로 변하게 하는 화석천처럼 그놈에게다 족쇄를 채워도 도리어 몸치장으로 보이는 형편이다. 그러니 내가 쏘는 화살은 그 거센 바람엔 워낙 가벼운 재료라, 내게로 되돌아오고 만다. 본래 겨냥했던 곳으로 날아가기는커녕.

레어티스 그래서 저는 훌륭하신 아버님을 잃고, 누이 동생은 절망 상태에 빠지고 말았군요. 이제는 칭찬해 봐도 소용 없습니다만, 제 누이동생의 인품이야말로 세상의 귀감으로서 온갖 시대에 자랑할 수 있는 미덕의 소유자였습니다. 그렇지만 내 기어이 원수를 갚고야 말겠습니다.

왕 그럼, 안심하고 편히 자거라. 나도 위험한 놈이 와서 내 수염을 잡아당긴다 해도 그저 장난으로 여길 만큼 둔한 바보는 아니니까. 차차 자세히 얘기하겠다. 나는 네 부친을 사랑했다. 물론 나 자신도 사랑하고 있고. 이쯤 말해 두면 너도 짐작이 갈 테지만…… (이때 신하가 두 통의 편지를 가지고 등장) 어떤 일이냐! 무슨 소식이냐?

신　하 예, 햄릿 왕자로부터 편지가 왔습니다. 이것은 폐하께, 이것은 왕비님께.

왕 햄릿으로부터! 가지고 온 사람은?

신　하 선원들이라고 하는데, 제가 직접 만난 것이 아니라, 클로디오가 전해 왔습니다. 그분이 직접 받았나 봅니다.

왕 레어티스야, 그럼 읽을 테니 들어 보아라. 너는 물러가거라.

(신하 퇴장, 편지를 읽는다)

지고 지대하신 성상께 아뢰옵니다. 저는 알몸으로 왕토에 상륙했습니다. 내일 배알의 영광을 얻고자 원하오며 그때 만약 허락해 주신다면 이렇게 별안간 기이하게 귀국하게 된 연유를 상세히 아뢰올까 합니다.

햄릿 올림

대저 이 무슨 영문이냐? 다른 일행도 다같이 돌아왔느냐? 아니면 무슨 협잡의 날조가 아니냐?

레어티스 필적을 알아보시겠습니까?

왕 분명히 햄릿의 필적이다. 알몸으로라…… 또 여기 추백(追白)에다 '단독 귀국'이라 했구나. 무슨 영문인지 짐작이 가느냐?

레어티스 통 영문을 모르겠는데요. 그러나 좌우간 오라죠! 이젠 도리어 신이 납니다. 내가 살아서 그 놈과 대면하여 '이놈, 이젠 맛 좀 봐라.' 하고 쏘아 줄 수 있게 됐으니까요.

왕 귀국이 이미 기정 사실이라면…… 그런데 원, 어떻게 귀국했을까? 설마 낭설은 아니겠지. 레어티스, 너는 내 충고를 듣겠느냐?

레어티스 듣다뿐이겠습니까. 평온하게 해결하라는 무리한 말씀만 아니시라면.

왕 내 마음의 평온을 해결해 주자는 거다. 만약 그놈이 항해 도중에 귀국하여 다시 출발할 생각이 없는 경우엔 내 이미 생각해 온 계략이 있는데 그걸 그놈에게 권해 보겠다. 이 계략에 걸리는 날이면 그놈은 쓰러질 수밖에 없을 거다. 더욱이 그 계략은 그 놈이 죽어도 나를 비난하는 소리는 추호도 하지 못할 것이며 것이며, 심지어 그 생모까지도 진상을 간파하지 못하고 그저 우연한 사고라고 말할 거다.

레어티스 알았습니다. 말씀대로 하겠습니다. 특히 저를 그 계략의 수단으로 이용해 주신다면 더욱 기쁘겠습니다.

왕 매사가 들어맞는구나. 실은 네가 외국으로 떠난 후 네 그 출중한 재주에 대해 칭찬이 자자했다. 이 칭찬은 햄릿의 귀에도 들어갔다. 그런데 너의 재주 전체보다도 특히 그 한 가지 재주를 햄릿이 시기하는 모양인데, 그러나 사실인즉 그건 네 재주 중에서도 가장 하찮은 것이 아닐까.

레어티스 재주라뇨, 대체 무슨?

왕 그야 젊은이의 모자를 장식하는 리본 같은 것에 불과하지만, 역시 없어서는 안 될 물건. 말하자면 청년들에게는 화려하고 멋진 옷이 어울리고, 침착한 노인들에게는 수달피 잠옷이 역시 위품이나 관록에 어울리지 않느냔 말이다. 실은 두 달 전에 노르망디에서 어떤 신사가 이 궁에 찾아왔지. 나도 과거에 프랑스 인들을 만나도 보고, 또 그들과 싸워도 보았지만 그들의 마술은 대단하더라. 그러나 이 신사는 마술에는 아주 귀신이었지. 몸이 안장에서 돋아났다고나 할까. 어찌나도 신기한 재주를 부리는지 인마 일체, 절반은 말이 되어 있는 것만 같더라. 실로 상상도 못할 명수라고나 할까. 그 묘기를 실제 이 눈으로 보기 전에는 도저히 생각도 못할 정도였다.

햄
릿

레어티스 노르망디 사람이라 하셨지요?

왕 음, 노르망디 사람이다.

레어티스 정녕 라몬드인가 봅니다.

왕 그렇다.

레어티스 그 사람 같으면 저도 압니다. 그 사람은 정말 프랑스의 정화요, 보배입니다.

왕 그 사람도 네 재주를 솔직히 인정하고 극구 칭찬하기를, 검술에 있어 특히 달인이라 하면서 상대가 되는 사람이 있다면, 그건 참 볼 만한 시합이 될 거라고 하더라. 그리고 프랑스 검객들도 너와 맞서면 운신법이나 눈의 총기나 무엇하나 제대로 되지 않는다고까지 단언하더라. 이와 같은 칭찬에 햄릿은 어찌나 샘이 났던지, 네가 빨리 귀국해서 한번 맞서 보자고 오직 그것만을 소원하고 있더라. 그래서…….

레어티스 그래서 어떻게 됩니까?

왕 레어티스, 너는 신청을 진정으로 소중히 했지? 아니 애통은 외관뿐, 마음속은 얼굴과 다르지 않겠지?

레어티스 왜 그런 말씀을?

왕 뭐, 네가 선친을 사랑하지 않았다는 게 아니라, 애정엔 시기가 있는 거고, 또 내 경험으로 미루어 애정의 불꽃도 시기에 좌우되기 때문에 하는 말이다. 정열의 화염 속에는 일종의 심기가 들어 있어, 이것이 불길을 약하게 하는 법, 대체 세상사란 한결같이 좋게만 지속되는 법은 없단다. 좋은 일도 극도에 차면, 도리어 과도한 탓으로 자멸하는 법. 그러니 일단 계획한 일은 당장에 실행해야 한다. 그렇지 않으면 글쎄 '하겠다'는 마음 자체도 변하거든. 더구나 세상 사람들의 입과 손의 방해 때문에 실행력은 약해지고, 지체되고 하는 법. 그렇게 되면 '해야 한다'는 생각도 정력을 낭비하는 탄식과 같아서 일시적 위안은 될지 모르나 결국 몸에는 해롭다. 단도직입적으로 문제의 핵심을 말하겠는데…… 햄릿은 귀국한다. 그때 너는 어떻게 할 셈이냐. 자식된 자의 도리로서 말로만 내세울 게 아니라 실제 행동으로 나와야 할 것 아니냐?

레어티스 그놈 목을 자르겠습니다. 신성한 교회당 안에서라도.

왕 그야 교회당에 피신한들 그와 같은 대죄인이 모면할 도리는 없지. 복수는 장소의 제한을 받지 않으니까. 하지만 이봐 레어티스, 내 말을 들어. 글쎄 방 안에 꾹 박혀 있으란 말이야. 햄릿이 돌아오면 네 귀국을 알리고, 네 재주를 창찬케 하는데, 프랑스 사람은 한술 더 떠서 네 명성에다 금칠을 하지. 그래서 결국 내기를 걸어 시합으로 승부를 가리도록 하거든. 그런데 그자는 주의성이 없는 데다가, 관대한 성미여서 술책이라는 걸 전혀 모르는 위인이니까, 시합용 검을 재조사해 보지도 않을 거다. 그러니 손쉽게, 아니 슬쩍 농간질을 해서라도 진짜 검을 골라 잡을 수 있으니, 그것으로 멋들어지게 한 번 푹 찔러서 선친의 원수를 갚으란 말이다.

해 릿

레어티스 하죠. 게다가 또 칼 끝에 독약을 칠하죠. 실은 독약을 하나 구했는데, 어떻게나 독한 효력이 있든지, 그걸 조금 바른 칼 끝에 살짝 베이기만 해도 제아무리 달밤에 채취한 약초를 가지고 만든 영효한 약이 있어도 목숨을 구할 도리가 없습니다. 내 칼 끝에 독약을 칠해 놓겠습니다. 그러면 그걸로 피부를 슬쩍 스치기가 무섭게 그 놈은 이 세상을 하직할 것입니다.

왕 그 점은 우리 좀더 생각해 보자. 언제 어떻게 하는 것이 우리 계획에 가장 적절할른지 심사숙고해 보자는 말이다. 만약에 실패하여 졸렬하게 계획이 탄로날 바에야 애당초 손을 대지 않는 것이 차라리 나을 것 아니냐. 그러니까 이 일이 도중에서 좌절되는 경우에 대비하여 제2의 수단을 강구해 놓아야 한단 말이다. 가만 있자, 어떡한담. 두 사람의 기술에 대해서는 어디까지나 공평하게 내기를 건다고 하고…… 옳지, 그렇지! 서로들 대

활약을 하느라고 신열이 나고 목이 마를 테지. 또 그렇게 되도록 유난히 맹렬하게 시합을 해줘야만 되겠는데, 그러면 그 놈은 물을 청할 테니까. 그때 미리 준비해 놓은 잔을 내주거든. 그때 그놈이 요행히 독인을 면했다 해도, 그 물 한 모금만 마시는 날이면, 우리의 목적은 성취될 것이다.…… 그런데 가만 있자, 웬 소동이냐?

왕비가 울면서 등장.

왕　　비 재앙이 자꾸만 꼬리를 물고 접종하는구려. 레어티스, 네 동생이 익사했구나, 글쎄.

레어티스 익사! 아, 어디서요?

왕　　비 시냇물가에 하얀 잎새를 거울 같은 수면에 비치면서 비스듬히 서 있는 버드나무가 있는데, 그 애는 그 가지에다 미나리아재비니, 쐐기풀이니, 실국화니, 자란(紫蘭)이니를 잘라서 괴상한 화환을 만들잖았겠니. 이 자란을 무식한 목동들은 상스러운 이름으로 부르고 얌전한 아가씨들은 사인지(死人脂)라고들 하더라만, 아무튼 그 화환을 늘어진 버들가지에다 걸려고 올라가는 차에, 심술궂은 은빛 가지가 부러지는 바람에 화환과 오필리아가 함께, 우는 듯이 넘나드는 시냇물 속에 떨어지고 말았지. 그러자 옷자락이 활짝 벌어지고, 마치 인어처럼 그 애는 물 위에 한참 둥실 떠서 옛날의 찬송가를 토막토막 부르는데, 절박한 불행도 아랑곳없이 흡사 물에서 자라 물에서 나는 생물 같기만 하겠지. 그러나 이게 오래 갈 리는 없고, 옷에 물이 배어 무거워지자 그 가엾은 것은 물 속에 끌려 들어가 버리고 아름다운 노래도 끊어지고 말았지.

레어티스 아, 그래서 익사하고 말았군요!

왕 비 그렇다, 익사하고 말았다.

레어티스 아, 불쌍한 오필리어야, 그만하면 물은 넉넉할 테니, 내 눈물은 쏟지 않겠다. 하지만 이것도 인간의 정, 감정을 막을 수야 있나. 세상이 뭐라고 하든…… 눈물을 흘릴 대로 흘리고 나면, 여자 같은 마음하고는 작별이다. 폐하, 저는 이만 물러가겠습니다. 불길 같은 가슴속 생각도 이 눈물에 압도되어 지금은 아무 말도 못하겠습니다. (퇴장)

왕 왕비, 자 뒤를 따라가 봅시다. 레어티스의 격분을 진정시키느라고 내 얼마나 진땀을 뺏는지 아시오! 저래서는 재발할까 무섭구려. 자, 뒤를 쫓아가 봅시다.

(왕비와 왕, 급히 레어티스를 쫓아간다)

햄
릿

제 5막

제1장 묘지

갓 파놓은 무덤 속, 수송 몇 그루가 서 있고, 묘지 입구가 보인다. 두 명의 어릿광대(무덤 쓰는 유대꾼과 그 인부)가 삽과 곡괭이를 들고 등장하여 곧 파기 시작한다.

광　대 1　이렇게 기독교식의 정식 매장을 해도 될까. 자살로 세상을 하직한 여자를?

광　대 2　된다는데 그래. 그러니까 어서 파기나 해. 검시관이 시체를 조사한 결과, 정식으로 매장해도 좋다는 판결이 났으니까 말이야.

광　대 1　어떻게 그럴 수가? 정당 방위 때문에 익사한 것이 아닌데.

광　대 2　아무튼 그렇게 판결이 났어.

광　대1　그럼 사건은 필히 '정당 폭행'이겠구먼. 그게 틀림없
　　　지. 요점은 이렇거든. 가령 내가 고의로 익사를 한다 하면 이는
　　　법적으로 행위라는 것이 증명되거든. 그런데 행위라는 것은 세
　　　가지 순서가 있는 법인데, 행하고 동작하고 해치우는 것이지.
　　　그런고로 이 여자는 고의로 익사했단 말이거든.

광　대2　하지만, 여보게.

광　대1　아니 가만 있자, 여보게. 음, 여기 물이 있네, 알았지?
　　　음, 여기 사람이 있네…… 알았지? 그런데 만약 이 사람이 이
　　　물가로 와서 빠져 죽는다면 그건 의사 여부 없이 사람이 스스
　　　로 죽은 거야, 알겠나? 하지만 만약 물이 와서 사람을 빠뜨려
　　　죽인다면 스스로 물에 빠져 죽는 것이 아닌 고로, 자살죄를 범
　　　하지 않은 작자는 제 손으로 제 목숨을 죽인 것이 되지 않는단
　　　말야.

광　대2　원, 그것도 법률인가?

광　대1　암, 물론이지, 검시관의 검시법이지.

광　대2　자네, 사실을 제대로 알려 줄까? 만약 이것이 좋은 집
　　　안의 아가씨가 아니었다면 이렇게 기독교식의 매장은 하지 못
　　　하는 법일세.

광　대1　허, 제법인데, 그걸 다 알고. 사실이지 퍽 동정할 만한
　　　일이지. 글쎄 좋은 가문의 사람들은 물에 빠져 죽거나 목을 매
　　　죽는 것도 평민들보다는 편리하게 마련이니까…… 자, 일손을!

해
릿

155

근데 말야, 유서 깊은 가문 중에 그 조상이 원예사, 도랑치기, 무덤쓰기 같은 일을 하지 않은 사람이 어디 있나. 그들은 다 아담의 직업을 물려받았단 말야. (파놓은 무덤 구덩이에 들어가 본다)

광　대2　아담도 훌륭한 가문의 자손이었나?

광　대1　암, 그분이야말로 세상에서 처음으로 연장을 가졌던 분이거든.

광　대2　천만에, 안 가졌어.

광　대1　이 사람, 자네 그래도 신잔가? 성경을 대체 어떻게 읽고 있는 거야? 성경 말씀이, '아담, 땅을 파다.' 했잖아. 연장이 없이 어떻게 파? 하나 더 물어 볼까? 똑바로 대답 못하면 참회하고…….

광　대2　재수 없는 소리 마.

광　대1　석수나 목수나 조선공보다 더 튼튼한 걸 만드는 직업을 가진 사람이 누군 줄 아나?

광　대2　그야, 교수대 만드는 사람이지. 교수대는 천 명이 빌려 써도 끄떡하지 않으니까.

광　대1　그 참 말 잘했어. 교수대란 건 근사하거든…… 도대체어떻게 근사한가? 악질들을 근사하게 처리해 주지. 하지만 교수대를 교회당보다 튼튼하다고 말한 것은 틀려 먹었는데…… 그런고로 교수대는 자네를 잘 처리할 거란 말야. 자, 다시 한

번 대답해 봐.

광　대2　석수나 목수나 조선공보다 더 튼튼한 걸 만드는 직업을 가진 사람이 누군 줄 아냐고 했지?

광　대1　그래. 대답해 봐, 짐을 내려놓으려거든.

광　대2　아따, 저…….

광　대1　대답해 봐.

광　대2　제기, 역시 모르겠는걸.

광　대1　이젠 그만해 둬, 너무 골을 패지 말구. 어차피 둔마(鈍馬)를 아무리 패봤자, 속력이 날 리 만무하니까. 이번에 다시 한 번 그 질문을 받거든, '무덤 쓰는 유대꾼'이라고 대답하게나. 이 유대꾼의 손으로 지은 집은 최후의 심판날까지 견디니 말이야. 자, 저기 존네 집에 가서 술이나 한 병 받아 오게. (광대2 퇴장)

해
릿

선원복 차림의 햄릿과 호레이쇼 등장

광　대1　(무덤을 파면서 노래한다)

사랑이니 연애니 젊은 시절엔,
참으로 즐거웠었지.
세월은 가고,

아, 허사더라, 세상 만사.

햄   릿 이 자는 하고 있는 일에 아무 의식도 없나 보지, 무덤
을 파면서 노래하는 걸 보니!

호레이쇼 하도 익숙해서 아무렇지도 않은 모양이죠.

햄   릿 과연 그럴 테지. 쓰지 않는 손일수록 더 예민한 법이
니까.

광   대 1 (노래한다)

나이는 슬며시 찾아와서
억세게 날 휘어잡아
땅 속에다 내동댕이쳤으니,
옛날은 꿈만 같구나.
(해골 바가지를 한 개 던져낸다)

햄   릿 저 해골 바가지 속에도 한때는 혀가 있어 노래를 불렀
을 것이다! 근데 저 녀석이 지금 그것을 마구 땅에 내동댕이치
는구나. 인류 최초로 살인을 범한 카인은 노새 턱뼈로 자기 형
을 죽였다는데, 그 턱뼈나 되는 것처럼! 원래는 권모 술책가의
머리였는지도 모른다. 지금은 이 바보 녀석한테 이렇게 마구
취급당하고 있지만. 왜, 하느님께 골탕을 먹이는 권모 술책가

말야, 그렇잖는가?

호레이쇼 그럴지도 모르죠.

햄　릿 혹은 또 어느 관리의 그것인지도 모르지. '주인님, 밤
새 안녕하십니까! 요즘 편안하십니까?' 하고 아첨의 수작을 지
껄였을 것 아니냔 말야. 그렇잖는가?

호레이쇼 예, 그랬을지도 모르죠.

햄　릿 아, 틀림없지. 지금이니까 구더기 마님 신세를 지고,
턱뼈는 없어진 채 유대꾼의 손으로 머리통을 얻어맞고 있지만,
생각해 보면 참 기가 막힐 유위전변(有爲轉變)이거든. 우리가
간파할 만한 눈만 있다면 말야! 성장할 때는 무척 공이 들었을
텐데, 이제는 애들의 던지기 노리개감이 되고 말다니! 이걸 생
각하면 내 뼛골이 지끈지끈 아프구나.

광　대 1 (노래한다)

곡괭이와 삽, 삽 한 자루,
수의도 한 장 있어야 하고,
아, 흙 속에 구멍을 만들자꾸나.
이 손님 모시기엔 안성맞춤의.
(또 하나의 해골 바가지를 던져낸다)

햄　릿 어, 또 하나 나온다. 저건 변호사의 해골 바가지인지

도 모르겠다. 그렇다면 그 능숙한 궤변과 변설은 지금 어디 있는가. 그 소송은, 소유권은, 모략은 다 어디 있는가? 지금 이 무식한 작자한테 삽으로 머리통을 얻어맞고도 그래 가만 있단 말인가? 폭행죄 소송을 건다고 떠들어대 보지도 못한단 말인가? (해골 바가지를 가볍게 두드리며) 허! 이 자는 생시에 토지를 실컷 매점한 놈일는지도 모르지. 담보 증서, 금전 차용서, 소유권 변경 소속, 이중 증인, 토지 양도 소송 등 갖가지 수단을 써가지고. 그런데 말야, 이자의 소유권 명의 변경 수속이니 토지 양도 소송 등의 재판 판결은 어떤고 하니, 이 근사한 머리통 속에 근사하게 진흙이 가득 차 있을 뿐 아니냔 말야? 이제 와서 이 자의 손에 들어온 것이라곤 결국 할부 계약서 한 통뿐이라고밖에 증언하지 못한단 말인가, 저 이중 증인들조차도? 이 따위 용기 속에는 제기, 토지 양수 문서조차도 채 다 들어가지 못하잖겠나. (해골 바가지를 가볍게 두드리면서) 더구나 그 토지의 소유자 본인은 이 골통 하나밖에는 무엇 하나 소유하지 못한단 말인가, 응?

호레이쇼 정말, 참 그렇습니다.

햄   릿 토지 매도 문서는 양가죽으로 만들지?

호레이쇼 예, 송아지 가죽으로도 만듭니다.

햄   릿 그 따위 물건들을 다 믿는 놈들은 양이나 송아지만큼 미련한 놈들이지. 어디 말 좀 걸어 볼까…… (앞으로 나와서)

여, 누구의 무덤이냐?

광 대1 예, 본인의 것입죠······ (노래한다)

아, 흙 속에 구멍을 만들자꾸나.

이 손님 모시기엔 안성맞춤의.

햄 릿 과연 네 것인가 보구나. 네 말은 거짓이라도 넌 그 안
에 있는 걸 보니.

광 대1 댁은 바깥에 계시니 댁의 것은 아닙죠. 그런데 저로
말씀드리면 거짓말을 않습니다만, 역시 이건 제것입죠.

햄 릿 그건 거짓말이다. 그 안에 서서 그걸 네 것이라니, 무
덤이란 죽은 사람이 들어가는 곳이지, 산 사람이 들어가는 곳
은 아니거든······그러니까 네 말은 거짓말이란 말야.

광 대1 이런 걸 산 거짓말이랄까요. 이제 두고 보십시오. 이
번엔 댁의 대답이 궁해질 차례가 될 테니.

햄 릿 네가 파고 있는 무덤은 대체 어떤 남자의 무덤이지?

광 대1 어떤 남자의 무덤은 아닙니다.

햄 릿 그럼, 남자의 무덤이 아니라면 여자의 무덤이냐?

광 대1 여자의 무덤도 아닙니다.

햄 릿 누구를 묻을 참이냐?

광 대1 전엔 여자였습니다만, 지금은 죽었답니다.

햄   릿 거 참 대단히 까다로운 녀석이로군! 조심해서 말해야지, 얼버무리다가는 혼날 줄 알아라. 정말이지 호레이쇼, 수삼 년 관찰해 온 바이지만, 어떻게도 깔깔한 세상이 되어 가는지, 도대체 농사꾼의 발가락이 주인의 발뒤꿈치를 따라와서 튼 살을 벗겨 놓는 형편이거든…… 그런데 너는 언제부터 무덤장이 짓을 해먹고 살았느냐?

광   대 1 언제부터 해먹고 살았는가 곰곰이 돌이켜 생각해 보니, 선대의 햄릿 임금님께서 포틴브라스를 정복하시던 날부터입니다.

햄   릿 그게 몇 해 전 일이지?

광   대 1 그것도 모르십니까? 바보들도 다 아는데요. 그건 햄릿 왕자님이 탄생하던 날이지 뭡니까? 글쎄, 저 미쳐서 영국에 추방당한 햄릿 왕자님 말입니다.

햄   릿 아 참, 왕자는 왜 영국으로 추방당했지?

광   대 1 왜라? 그야 미쳤으니까요. 거기서라면 옳은 정신으로 회복될 겁니다. 하지만 뭐, 회복되지 않아도 거기서는 상관없을 겁니다.

햄   릿 왜?

광   대 1 사람들 눈에 띄지 않을 테니까요. 글쎄 그곳 사람들은 다 왕자같이 미쳐 있답니다.

햄   릿 왕자는 왜 미치게 됐나?

광　대1　소문이 그게 참 괴상하답니다.

햄　　릿　어떻게 괴상하단 말이냐?

광　대1　그야 물론 정신을 잃었으니 말입죠.

햄　　릿　그래, 그 원인이 어디서 일어났다고 하는가?

광　대1　어디서라뇨, 그야 물론 이 덴마크에서지요. 전 어려서
　　　부터 30년 간이나 이곳에서 무덤장이를 해먹어 온 사람이라 잘
　　　알고 있지요.

햄　　릿　참, 시체는 무덤 속에서 얼마나 되면 썩지?

광　대1　사실, 생시부터 썩은 놈만 아니라면…… 요즘 같아선
　　　매독으로 죽은 놈이 너무 많아서, 이런 건 도저히 매장할 겨를
　　　도 없이 썩어 버리니 말입니다만, 보통 한 8, 9년은 갑죠. 가죽
　　　을 다루는 가죽장이는 9년은 갑니다.

햄　　릿　가죽장이는 왜 더 오래 가나?

광　대1　거 다 직업 덕분에 피부가 미끄러워져서 꽤 오래 물을
　　　튕겨 내거든요. 물이란 것이, 그 경칠 놈의 시체를 썩이는 덴
　　　지독한 힘이 있거든요. 이크, 해골이 또 하나 나오는구먼. 이
　　　해골은 벌써 2, 3년 간 흙 속에 묻혀 있는 놈입니다.

햄　　릿　누구의 해골인데?

광　대1　어떤 빌어먹을 미친 녀석 것입니다. 누군 줄 아십니
　　　까?

햄　　릿　모르겠는데.

광 대 1 이 미친 녀석, 염병할 녀석 같으니! 언젠가 이 녀석이 내 머리통에다 포도주를 병째 부었지요. 이게 누군고 하니, 바로 저 임금님의 어릿광대 요리크의 해골입니다.

햄 릿 이게?

광 대 1 예, 정말입니다.

햄 릿 어디 좀 보자. (해골을 받아 든다) 아, 불쌍한 요리크! 호레이쇼, 나는 이 사람을 아네만…… 참 무궁무진한 재담꾼이라, 기막히게 재미나는 소리를 잘했었지. 줄곧 날 업어 주곤 했어. 이렇게 되고 보니 생각만 해도 어찌나 소름이 끼치는지, 구역질이 날 지경이네만…… 원래 여기 입술이 달려 있었겠다, 내가 수없이 키스를 한 입술이. 좌중을 포복 절도시키던 그 농담, 그 익살, 그 노래, 그 신나는 재치 등은 다 어디 갔는가? 이렇게 이를 드러내고 있는 꼬락서니를 네 자신 한번 비웃어 대보지. 정말 턱은 떨어져 나가버리고 없구먼. 자, 귀부인네 방으로 가서 설명해 주라고. 분을 한 치쯤 쳐발라도 결국 이런 낯을 면치 못한다고. 그래서 실컷 웃겨 보라고…… 여보게 호레이쇼, 좀 물어 볼 말이 있네만.

호레이쇼 뭐 말씀입니까.

햄 릿 알렉산더 대왕도 흙 속에선 이런 꼴을 하고 있을까?

호레이쇼 물론입니다.

햄 릿 또 이렇게 냄새도 나고? 퇴퇴! (해골을 땅에 놓는다)

호레이쇼 예, 물론입니다.

햄   릿 사람이 죽어 흙이 되면 무슨 천한 일에 쓰일지 알 게 뭐야! 알렉산더 대왕의 유해가 마지막에는 술통 마개가 될는지 모른다는 것도 상상해 볼 수 있잖나?

호레이쇼 그렇게까지 생각하는 것은 좀 지나친 상상인 것 같습니다.

햄   릿 아냐, 조금도 지나친 건 없어. 극히 온당하게 추리해 봐도, 결국 그렇게 될 것 같구먼. 한번 해볼까…… 알렉산더 대왕은 죽는다, 매장된다, 그래서 진토로 돌아간다, 진토는 흙이다, 흙으로 진흙을 만든다, 그래서 결국 알렉산더 대왕이 변화해서 된 진흙으로 맥주통 마개를 만들 수 있다는 말이 되잖아.

제왕 카이사르는 죽어서 흙이 되면
구멍 때워 바람막이가 될 수도 있을 것이다.
오, 일세를 풍미하던 그 흙덩이,
지금은 벽을 때워 한풍을 막다니!

쉿, 이 자리를 비켜 서자. 저기 왕이 오는구나. 왕비도 같이, 궁중 신하들을 거느리고.

장례식 행렬이 묘지에 등장. 뚜껑 없는 관에 든 오필리어의 유해가

보이고 뒤를 레어티스, 왕, 왕비, 법의를 입은 사제(司祭) 등이 따라
오고 있다.

햄　릿　대체 이게 누구의 장례식일까? 더구나 저렇게 의식도
아주 간략하게. 아마도 저 시체의 주인공은 무모하게 제 손으로
자기 목숨을 끊었나 보구나. 그러나 신분은 상당했나 보다. 잠
시 숨어서 살펴보자. (두 사람은 수송 나무 밑에 쭈그려 앉는다)

레어티스　의식은 이밖에 없소?

햄　릿　(호레이쇼를 보고) 아, 레어티스구나. 참 훌륭한 청년
이지…… 잘 지켜보자.

레어티스　의식은 정말 이것뿐이오?

사　제　교회가 허락하는 정도까지 장의식은 정중히 해드렸습
니다. 원래 사인에 대해서 의문스러운 점도 있고 해서 칙명이
관례를 굽혔기 망정이지, 그렇지 않았다면 그냥 부정한 땅에
매장되어 최후 심판날까지 방임될 수밖에요. 그리고 고별 기도
를 해주기는커녕 사금파리나 부싯돌이나 조약돌 등을 던져 놓
게 될 뻔했습니다. 그런 것이 이번에는 특별히 처녀의 장례답
게 화환으로 장식하고, 꽃을 뿌리고, 조종을 쳐서 장례 절차가
허가된 것입니다.

레어티스　그럼, 이 이상은 도저히 안 된단 말이오?

사　제　도저히 안 됩니다! 조용히 세상을 떠난 사람의 경우같

이 진혼가를 불러서 극락 왕생을 축수해 준다면, 도리어 신성한 장례의 격식을 모독하는 것이 됩니다.

레어티스 좋다, 묻어라. 아름답고 순결한 저 몸에서 오랑캐꽃아 피어다오! (관이 무덤 속에 내려놓여진다) 이 야박스런 사내놈아, 내 미리 일러두지만 내 누이동생은 천사가 돼 있을 거란 말이다. 네 놈이 지옥에서 아비규환을 하고 있을 때쯤에.

햄 릿 뭐? 그 아름다운 오필리어가!

왕 비 (꽃을 뿌리면서) 고운 처녀에게 고운 꽃을. 잘 가거라! 햄릿의 아내가 되기를 바랐건만, 이 꽃으로 네 신방을 장식해 주려고 생각했건만, 이렇게 네 무덤에 뿌려줄 줄이야.

레어티스 오, 삼중의 재앙이 30배로, 그 저주할 놈의 두상에 쏟아져 내려라. 그놈의 흉악한 행위 때문에 네 정묘한 정신은 미쳐 버리지 않았는가! 잠깐 기다려, 흙을 끼얹지 말고. 한번 더 안아 볼 테니까. (무덤 속으로 뛰어 들어간다) 자, 이제 흙을 쌓아 올려라. 산 사람이나 죽은 사람 위에 똑같이. 저 옛날에 펠리온 산이나 또는 하늘을 찌르는 저 푸른 올림포스 산보다 더 높이 이 평지를 쌓아 올려라.

햄 릿 (앞으로 나오면서) 대체 누구기에 그렇게도 요란하게, 요란스럽게 한탄하는가? 그 비분 강개의 소리엔 하늘의 유성들조차 넋을 잃고 운행을 정지하겠구나. 나는 덴마크의 햄릿이다. (무덤 속으로 뛰어 들어간다)

레어티스 (햄릿을 움켜 잡고) 이놈, 지옥에 떨어질 놈!

햄　　릿 욕하면 재미없다. 내 목을 움켜쥔 손을 놓아라. 나는 성 잘 내는 난폭한 인간은 아니다만 다급하면 위험을 가리지 않고 폭발하는 성미다. 그러니 조심하는 것이 현명하단 말이다. 손을 놓으라니까!

왕 뜯어 말려라.

왕　　비 햄릿! 햄릿!

일　　동 자, 두 분!

호레이쇼 전하, 진정하십시오.

하인들이 햄릿과 레어티스를 뜯어 말린다. 두 사람, 무덤 속에서 나온다.

햄　　릿 내 이 문제를 가지고는 기어이 싸워 볼 테다, 내 눈을 감을 때까지.

왕　　비 아, 햄릿, 무슨 문제 말이냐?

햄　　릿 나는 오필리어를 사랑했다. 5만 명이나 되는 오빠의 애정을 전부 합쳐 봐도, 내 사랑에는 감히 따르지 못한다…… 너 따위가 대체 오필리어에게 뭘 한다는 거냐?

왕 아, 햄릿은 미쳤다, 레어티스.

왕　　비 제발 가만히 내버려두시오.

햄   릿 제기랄 놈, 어디 말해 봐. 뭘 하고 싶나? 울래, 울어 볼래? 굶을래? 옷을 찢어 발길래? 식초라도 실컷 마셔 볼래? 악어를 먹어 볼래? 그까짓 것은 나도 다 할 수 있다. 그래서 여기 울러 왔나? 무덤 속에 뛰어 들어가서 내 애정을 무색하게 하러 왔나? 네가 생매장을 당하겠다면 나도 그리하겠다. 네가 산을 운운했는데, 그렇다면 우리들 위에도 얼마든지 흙을 쌓아 올리려무나. 그 꼭대기가 마침내는 타오르는 태양에까지 솟아올라 타버릴 만큼! 그렇다, 네가 장담을 한다면 질 내가 아니다.

해 릿

왕   비 모두 광증 탓이오. 발작이 일어나면 잠시 저 모양이다가도, 마치 암피둘기가 한 쌍의 황금빛 새끼를 품은 것처럼 이내 온순해지고 침묵에 잠겨 버리오.

햄   릿 여봐라, 무엇 때문에 너는 내게 이런 태도를 취하는 거냐? 나는 항상 너를 사랑해 왔다. 하지만 다 쓸데없는 소리. 헤라클레스 양반은 이 통에 실컷 뻐겨 보라지. 개나 고양이 신세의 이 햄릿도 머지않아 제 시절을 만날 테니까. (퇴장)

왕 호레이쇼, 저 뒤를 좀 따라가 보게나…… (호레이쇼, 햄릿 뒤를 따라간다. 왕은 레어티스에게 속삭인다) 꾹 참아라. 간밤의 이야기, 설마 잊지는 않았겠지. 일을 곧 착수하자…… 여보, 왕비, 그 애를 좀 단속해야겠소. 이 무덤에는 불멸의 기념비를 세워야겠다. 머지않아 평화스런 날이 돌아오겠지. 그때까지 꾹 참고 일을 진행해야지. (일동 퇴장)

제2장 궁성 안의 홀

전면에 옥좌가 마련돼 있고, 좌우에 의자와 탁자 등이 놓여 있다. 햄릿과 호레이쇼가 얘기를 하면서 등장.

햄　릿 그 얘긴 이만 해두고 다음 얘기를 하겠는데, 그때 사정은 자네도 잘 기억하고 있지?

호레이쇼 예, 잘 기억하고 있습니다!

햄　릿 여보게, 가슴속에 일종의 번민이 있어 간밤에 잠을 이루지 못했지…… 선장한테 모반하다가 발목을 결박당한 선원보다 더 비참한 지경이었다고나 할까. 그런데 무모하게도, 아니 이런 경우 무모를 예찬해 주어야겠는데, 때에 따라선 무분별이 도리어 도움이 되거든. 그리고 심사숙고한 계획도 다 수포로 돌아가는 수가 있고, 결국 다듬어서 완성시키는 것은 신의 힘이네. 건목을 치는 것은 인간이 할지라도…….

호레이쇼 과연 참 그렇습니다.

햄　릿 그래서 느닷없이 선실에서 일어나 선원용 외투를 걸쳐 입고 어둠 속을 더듬어 찾아보았지. 과연 목적물을 발견하여 살그머니 그 꾸러미를 빼가지고 선실로 돌아와선, 불안한 나머지 체모도 잊고 대담하게 그 장한 국서를 뜯어 봤더니, 아 여보게, 왕의 흉계 좀 보겠나! 왕의 엄명이랍시고, 덴마크 왕의 옥체가 위험할 뿐 아니라, 영국 왕의 생명까지 위태롭다는 갖가지 이유를 잔뜩 늘어놓고, 이 사람을 살려 두면 무슨 악귀를 방치해 두는 것과 같으니 이 칙서를 읽는 즉시 아니 미처 도끼날을 갈 새도 없이 이 목을 치라는 거네.

호레이쇼　아니, 그럴 리가 있겠습니까?

햄　　릿　이것이 그 칙서네. 후에 틈을 타서 읽어 보게. 그럼 그 뒤 전말을 좀 들어 보겠나?

호레이쇼　예, 말씀하십시오.

햄　　릿　이래서 꼼짝 없이 흉계에 걸려들고 만 셈인데…… 서막도 채 되기 전에 머릿속에선 연극이 전개되네. 그래 나는 우선 앉아서 칙서를 하나 위조했지. 어지간한 필적으로…… 한때 나도 이 나라 정객들처럼 글을 천시하고, 습득한 솜씨를 일부러 잊어버리려고 애도 썼네만, 이번엔 그 글 솜씨가 퍽 도움이 되었네. 내가 위조한 칙서의 내용을 알고 싶은가?

호레이쇼　예, 알고 싶습니다.

햄　　릿　이 왕의 간곡한 청탁장의 체제로, 즉 영국은 덴마크의 충실한 속국인 만큼, 양국간의 우의는 종려나무같이 번영하기를 원하는 만큼 그리고 평화의 여신은 항상 밀 이삭 화환을 쓰고 양국 친선의 인연이 되어야 하는 만큼 등등, 이 밖에도 실컷 그럴싸한 문구를 나열해 놓고 나서, 이 칙서를 읽고 내용을 지시하고 즉시로 일각도 주저 말고 지참자 두 명을 사형에 처하되 참회의 여유를 주지 말라 했네.

호레이쇼 그래 어떻게 봉인을 하셨습니까?

햄   릿 아, 그것도 역시 천우신조, 마침 선왕의 옥쇄를 주머니 속에 가지고 있었지. 현왕의 옥쇄는 이걸 본떠 새긴 걸세. 그래 편지를 이전 것과 똑같이 접어서 서명을 하고, 옥쇄를 누르고, 바꿔친 것을 아무도 모르게 살그머니 원래 장소에 갖다 두었지. 그리고 그 이튿날이 해적과 싸운 날이고, 그 뒤의 사정은 자네도 이미 잘 알고 있지.

호레이쇼 그럼, 길덴스턴과 로젠크랜츠는 영영 가게 된 모양이군요.

햄   릿 그야 하는 수 없지. 두 사람이 자처해서 나선 길이니까. 나는 조금도 양심의 가책을 느끼지 않아. 자승자박, 아첨꾼들에게는 마땅한 운명이지. 불이 튀는 진검 승부가 왕자(王者) 사이에 행해지고 있는 판에, 되지 못한 상놈이 왜 뛰어들어온담, 위험 천만하게시리.

호레이쇼 참 지독한 왕도 다 보겠군!

햄   릿 이쯤 되고 보면 이젠 그냥 물러설 순 없지. 안 그런가. 선왕을 시역하고 왕비를 간음한 놈이 눈앞에 나타나서 왕위를 계승할 길을 막고, 내 목숨마저 없애려고 간책을 쓰니…… 이런 놈은 이 손으로 처치해 버리는 것이 양심에 떳떳한 것이 아닌가? 인류의 그런 독충이 세상에 해독을 끼치게 방임해 두는 것이 오히려 더 죄악이 아니겠는가?

호레이쇼 그러나 영국 왕은 곧 전말을 보고해 올 터인데요.

햄   릿 곧 올 테지. 그러나 그 동안 시간은 내 것이거든. 어차피 인간의 목숨이란 한 번 제대로 살 여유도 없이 날아가게 마련이네…. 그건 그렇고 호레이쇼, 레어티스에게는 참 미안하게 생각하네. 그만 흥분하여 이성을 잃었던 탓이지. 나 자신의 경우에 비추어 보아도 그 사람의 비통한 사정을 잘 알 수 있네. 가서 사과를 해야겠네. 허나 너무나 야단스럽게 애통해 하는 바람에 나도 그만 울화가 치밀어 올라왔단 말이야.

호레이쇼 쉿, 발자국 소리가!

몸집이 작은 멋쟁이 정신(廷臣) 오즈리크 등장. 양 어깨에 날개가 달린 옷을 입고 최신식 모자를 쓰고 있다.

오즈리크 (모자를 벗고 허리를 깊이 숙여 절을 하면서) 왕자 전하의 귀국을 충심으로 환영합니다.

햄   릿 황송한 말씀…… (호레이쇼에게 방백) 자네 이 모기 새끼 같은 녀석을 아는가?

호레이쇼 모르겠는데요.

햄   릿 (호레이쇼에게) 거 다행일세. 저런 녀석을 아는 놈은 재앙을 입지. 저래봬도 광대한 땅을 많이 가지고 있다네. 요즘은 짐승 같은 놈도 짐승들만 대량 소유하면 재상이 되는 세상이거든. 그리고 당당히 여물통을 들고 가서 왕과 회식을 하는 판이지. 글쎄, 수다밖에는 아무 재주도 없는 녀석인데, 광대한 토지를 소유하고 있다니까.

오즈리크 (또 절을 하고) 전하, 지금 시간이 나신다면, 폐하의 분부를 전해드릴까 하옵니다.

햄   릿 물론 경청하죠, 아주 부지런히. (오즈리크가 자꾸 절을 하면서 모자를 내흔드는 꼴을 보고) 모자는 제 자리에 가져다 놓지, 긴 머리에 쓰는 물건이니까.

오즈리크 황송합니다, 하도 더워서요.

햄   릿 천만에, 대단히 추운걸. 북풍이 불어서.

오즈리크 예, 사실 꽤 춥군요.

햄   릿 그렇지만 몹시 더운걸. 체질 때문인지도 모르지만.

오즈리크 과연 몹시 무덥습니다. 글쎄, 저…… 뭐라고 표현해야 좋을지…… 그런데 전하, 전하께 통지해 드리라는 폐하의 어명인데요, 이번에 폐하께서는 전하를 위하여 굉장한 내기를 거셨습니다. 내기의 내용인 즉……

햄   릿 (모자를 쓰라고 손짓을 하면서) 제발 모자를 쓰게.

오즈리크 아니, 괜찮습니다. 제게는 이게 편합니다. 그런데 실은 이번에 레어티스가 귀국했는데…… 참 완전 무결한 신사랄까, 각종 미점을 두루 겸비하고 대인 사교도 지극히 상냥할 뿐

더러 풍채도 훌륭합니다. 감히 평한다면 그분이야말로 신사도의 기준이라고나 할까요. 하여튼 신사치고 지니고 싶을 만한 미덕은 죄다 그 분 안에 집결해 있습니다.

햄　릿　당신 식으로 그렇게 미점을 낱낱이 명시해 놓아도 그 사람은 밑질 것 없지. 허나 그렇게 재고품 정리하는 식으로 그 사람의 장점을 세세히 늘어놓으면 보통 기억력으로는 혼란할 지경이오. 원 어찌나 빨리 달음질치던지, 어디 미처 따라갈 수가 있어야지. 그러나 사실대로 칭찬해서 그 사람은 극귀한 인물이라, 그 귀중한 천품인즉, 정말이지 그의 거울만이 이와 비교할 수 있을 뿐, 누가 감히 그를 따를 수 있을라구.

오즈리크　아, 참 지당하신 말씀이십니다.

햄　릿　뭐지요, 말의 취지는? 그 신사 양반을 피차 난잡한 말로 모욕하자는 게 취지는 아닐 텐데?

오즈리크　예?

호레이쇼　달리 대답은 못하시겠소? 설마 그럴 리는 없으실 텐데.

햄　릿　대관절 무슨 의도로 그 신사 양반 얘기를 끌어냈지요?

오즈리크　레어티스 얘기 말씀이십니까?

호레이쇼　(햄릿에게 방백) 이젠 말 주머니가 텅 비어 버리고, 미사여구(美辭麗句)도 밑천이 죄다 떨어진 모양입니다.

햄　릿　아, 그런가?

해
릿

오즈리크 전하께서도 결코 모르시지는 않으리라고 생각합니다
만…….

햄 릿 그렇게 생각해 준다면 다행이오. 뭐, 그렇게 생각해
준댔자, 별로 내 명예가 될 것도 없지만. 그래서?

오즈리크 모르시지 않으리라고 생각합니다만, 레어티스님이 얼
마나 출중한가 하면…….

햄 릿 어찌 내가 감히 그걸 안다고야 할 수 있소. 나는 그분
과 우열을 겨루고 싶지 않으니 말이오. 하긴 남을 알려면 나부
터 알아야 하지만.

오즈리크 실은 제가 말씀드리는 건 그분의 무예 말씀입니다. 그
분 하인들 평판에 의할 것 같으면 그분은 천하 무적이랍니다.

햄 릿 검은 무엇을 쓰는가?

오즈리크 장도와 단도를 쓴답니다.

햄 릿 양도를 쓰나…… 무방하지. 그래서?

오즈리크 예, 그래서 폐하께서는 바바리 말 여섯 필을 거시고
그분과 내기를 하셨답니다. 여기 대하여 그분은 제가 알기로는
프랑스 제(製)의 장도와 단도 각각 여섯 자루와 허리띠, 칼고
리, 기타 부속품 일체를 걸었답니다. 그 중에서도 괘색(掛索)
세 개는 알뜰한 취미를 발휘해서 칼자루와 잘 조화되고, 실로
정묘하고 창의적인 괘색이랍니다.

햄 릿 괘색이라니, 대체 뭐 말이오?

호레이쇼　(햄릿에게 방백) 주석 없이는 모르실 거라고 저도 생각
　했습니다.

오즈리크　패색이란 칼고리를 말합니다.

햄　　릿　원, 허리에다 대포라도 달게 된다면 그 말이 적절할
　것 같소마는…… 그렇게 될 때까진 역시 칼고리라 해둡시다.
　하지만 자, 여섯 필의 바바리 말에 대하여 프랑스 제의 검 여섯
　자루와 부속품 일체, 그 외에 창의적인 패색 세개…… 그러니
　까 덴마크 식 대 프랑스 식 내기란 말이지. 그런데 당신 말마따
　나 이 '내기'를 왜들 걸게 되었지요?

오즈리크　폐하께서는 전하와 레어티스 사이에 12회전을 시키는
　데, 아무리 레어티스라도 3회를 더 이기기 어려울 테니까, 보
　통 같으면 9회전을 하지만 그래서는 레어티스가 불리할 것이므
　로 결국 12회전을 시키기로 정하셨답니다. 시합은 곧 시작될
　것입니다. 전하께서 도전에 응해 주시면.

햄　　릿　내가 '싫다'고 응답하면 어떻게 되지?

오즈리크　아니올시다, 시합장에 몸소 응답해 주실는지 가부의
　말씀을 드리는 것입니다.

햄　　릿　폐하 처분대로 하시라지. 내 이 홀을 거닐고 있을 테
　니. 마침내 운동 시간도 되고 하니 시합 도구를 가져오게 하시
　오. 레어티스도 의향이 있고, 폐하께서도 여전히 시합을 원하
　신다면, 되도록이면 폐하를 위해서 이겨 드리고 싶구려. 지더

햄
릿

라도 나도 몇 점 더 얻어맞고 망신을 당하는 것뿐 아닌가.

오즈리크 가서 그렇게 아뢰오리까?

햄   릿 대략 그런 취지로…… 표현은 당신 마음대로 장식해도 무방하오.

오즈리크 (절을 하면서) 앞으로 전하의 충복이 되기를 자천하옵니다.

햄   릿 머리 숙여. (오즈리크, 한 번 더 정중히 절을 하고 모자를 쓴 다음 가볍게 걸어간다) 좌천이 상책이지. 저 따위 것을 천거해 줄 사람은 없을 테니까.

호레이쇼 알 껍질을 쓰고 도망치는 격입니다. 저 솔딱새 같은 놈이.

햄   릿 저건 제 어미 젖을 빨아 먹을 땐 먼저 젖꼭지에 인사를 할 놈일세. 이렇게 저 녀석은…… 아니 저 녀석뿐 아니라, 이 말세 풍조에 꺼덕이는 숱한 녀석들은…… 세풍에 박자를 맞추어 경박한 사교술에 넋이 빠지고, 거품 같은 미사여구깨나 배워 가지고서는, 세파와 싸워온 훌륭한 분네들의 여론조차를 속이고들 있거든. 그러나 혹 불어 보면 결국은 거품이니까 날아 꺼져 버리거든.

귀족 몇몇 등장.

귀　　족　전하, 아까 오즈리크를 통한 폐하의 분부 건, 이 홀에서 기다리신다는 대답이셨는데, 폐하께서는 전하의 의향을 소생보고 다시 알아오라고 하셨습니다. 레어티스와의 시합 건, 지금도 의의가 없으신지 또는 연기하시겠습니까?

햄　　릿　내 생각에는 변함이 없소. 폐하의 의향을 따를 뿐이오. 그러니 폐하께서 좋으시다면 나는 언제든지 상관 없소. 언제라도 좋소, 내 신체상의 사정만 지금 같으면.

햄
릿

귀　　족　양 폐하를 위시하여 기타 일동이 지금 오십니다.

햄　　릿　아, 마침 잘 됐군.

귀　　족　시합 전에 레어티스와 화해 인사를 하시라는 왕비 마마의 분부올시다.

햄　　릿　당연한 분부시오. (귀족 퇴장)

호레이쇼　전하, 이번 승부, 승산이 없으실 것 같습니다.

햄　　릿　나는 그렇게 생각하지 않네. 레어티스가 프랑스로 간 이후 나도 쭉 연습을 해왔으니까. 게다가 득점 계산상 조건이 유리하거든. 허나 자네는 상상하지 못할 거네. 묘하게 가슴이 설레는구면…… 하지만 상관 없어.

호레이쇼　아니, 그러시면 전하…….

햄　　릿　그저 어리석은 생각일세. 여자나 할 그런 불안감일세.

호레이쇼　마음이 내키지 않으시거든 무리하지 마십시오. 제가 곧 가서 이리로 오시는 것을 앞장 질러 기분이 언짢으시다고 전하겠습니다.

햄　릿 아니, 그럴 것 없어. 나는 전조 같은 걸 두려워하는 사
람이 아니네. 참새 한 마리 떨어지는 것도 신의 특별한 섭리.
올 것은 지금 오지 않아도 오고야 마네. 지금 오면, 장차 오지
않고…… 장차 오지 않으면, 지금 오네. 요는 각오일세. 언제
버려야 좋을는지, 그 시기는 어차피 아무도 모르는 목숨, 그저
될 대로 되는 거지.

종자들이 등장하여 의자 등을 가져다 놓고 좌석을 마련한다. 이윽
고 나팔수, 북치는 사람들 등장. 그 다음에 왕과 왕비, 귀족들 그리
고 심판을 맡아 볼 오즈리크와 귀족 한 명 등장. 이 양 심판관이 검
과 단검을 벽 곁에 있는 탁자 위에 가져다 놓는다. 끝으로 시합복을
입은 레어티스 등장.

왕 자, 햄릿, 이리 와서 이 손과 악수해라. (레어티스 손을 햄릿
손에 악수시킨다. 그러고 나서 왕비를 데리고 좌석에 앉는다.)

햄　릿 용서해 주게, 레어티스. 실례가 많았으니 신사답게 용
서해 주게. 여기 좌중이 다 알고 있고, 자네도 이미 소문을 들
었을 거네만 나는 심한 정신병에 욕을 보고 있다네. 내 난폭한
행동에 자네는 자식의 도리로서 인정은 물론, 체면과 감정을
몹시 상했을 줄 아네만, 그건 단연코 광증의 소치였네. 햄릿이

레어티스에게 난폭을? 아냐, 그건 절대로 햄릿이 한 것이 아냐. 이성을 빼앗기고 자아가 없는 햄릿이 레어티스에게 폭행을 가했다고 치면 그건 햄릿이 한 것이라곤 할 수 없지. 햄릿 자신이 그걸 부인하네. 그럼 누가 했나? 그의 광증이 했지. 그렇다면 햄릿도 피해자의 한 사람이오. 이 광증은 불쌍한 햄릿 자신의 적이기도 하네. 내 무례가 고의적인 것이 아니었다는 변명을 제발 이렇게 여러분들 앞에서 관대하게 받아들이고 널리 용서해 주기 바라네. 용마루로 쏜 화살이 우연히 자기 형제를 맞춘 격이라고쯤 말일세.

햄
릿

레어티스 자식의 도리, 오직 이 정이 복수심을 분발시킨 동기였던 것이나, 이제 마음이 풀립니다. 허나 이대로 물러서서는 체면이 서지 않습니다. 타협도 하지 않겠습니다. 누구 명예 높은 선배가 새중간에 서서 화해해도 좋다는 선례를 제시하고, 내 체면을 세워 주기 전에는. 허나 그때까진 전하의 우정을 우정으로 받아들이고 이를 모욕하지는 않겠습니다.

햄 릿 나도 그 말 반갑게 받네. 그럼 허심탄회하게 형제지간의 시합을 해보세…… 검을 다오.

레어티스 자, 내게도 하나 다오.

햄 릿 내 자네 돋보이기 역할을 하지. 미숙한 나에 비하면 능숙한 자네 솜씨는 별처럼 광채를 발할 것 아닌가.

레어티스 사람을 놀리지 마십시오.

햄　　릿　사람을 놀리다니, 천만에.

왕　오즈리크, 두 사람에게 검을. (오즈리크가 시합도 4, 5자루를 가지고 앞으로 나온다. 레어티스, 그 중 하나를 받아들고 한두 번 찔러 본다) 자, 햄릿, 내기를 건 사실을 알고 있지?

햄　　릿　예, 잘 알고 있습니다. 친절하게도 약한 쪽에 조건을 유리하게 정해 놓으셨다죠.

왕　나는 염려하지 않는다. 두 사람의 실력은 내가 잘 알고 있다…… 그러나 저편 실력이 상당히 센 것 같기에 조건을 네게 좀 유리하게 정해 놓은 것뿐이다.

레어티스　이 검은 좀 무겁군. 다른 것을 보여다오. (탁자로 가서 칼 끝이 뾰족하고 독이 칠해진 칼을 든다)

햄　　릿　(오즈리크한테서 검을 받아들고) 나는 이 검이 마음에 드네. 검의 길이는 다 같지?

오즈리크　예, 다 같습니다.

심판과 종자들, 시합 준비를 마련한다. 햄릿도 준비를 한다. 다른 종자들이 포도주를 담은 병과 잔을 가지고 등장.

왕　그 포도주 잔들을 저 탁자 위에 올려 놓아라. 만약 햄릿이 일차전이나 이차전에서 한 점 득점을 하든가 혹은 삼차전에서 비기든가 하거든, 일제히 축포를 터뜨리도록 해라. 그때 짐은 햄릿의 건투를 위해 축배를 들고 잔에다가는 진주알을 넣겠다.
그건 덴마크 사대 역대왕이 면류관에다 달았던 진주알보다 더
훌륭한 진주알이다. 술잔들을 이리다오. 자, '지금 성상께서 햄
릿을 위해 축배를 드신다.'고 북을 쳐서 나팔수에게 알리고, 나
팔수는 성 바깥 대포수에게 알리고, 포성은 은은히 천상에 고
하고 대지도 이에 호응하여 진동케 하라. 자, 시작! 심판들은
정신을 차려 지켜보라.

햄   릿

잔들이 왕 곁에 가져다 놓여진다. 나팔 소리. 햄릿과 레어티스, 각
각 위치에 선다.

햄   릿 자.
레어티스 자.

1회전이 시작된다.

햄   릿 한 대!
레어티스 아니오.
햄   릿 심판?
오즈리크 한 대, 정통으로 한 대입니다.

두 사람, 떨어져 선다. 북소리, 나팔 소리, 그리고 밖에서 대포 소리 울린다.

레어티스 자, 2회전을!

왕 잠깐 기다려. 술을 부어라. (종자가 잔에다 술을 붓는다. 왕, 보석을 들어 보이면서 이 진주는 햄릿 네 것이라고 외친다. 그리고 축배를 들겠다 하고는 술을 마시고 잔 속에다 진주를 넣는 척한다) 자, 햄릿에게 이 잔을.

햄   릿 먼저 이 승부부터 내겠습니다. 잔은 잠시 거기 놓아 두십시오. (종자, 잔을 뒤 탁자 위에 가져다 놓는다)

2회전이 시작된다.

햄   릿 또 한 대! 어떤가?

레어티스 약간 스쳤습니다, 사실 약간입니다. (두 사람, 떨어져 선다)

왕 햄릿이 이길 것 같은데.

왕   비 땀을 많이 흘리네요. 숨도 가빠하고⋯⋯. 아 햄릿, 이 수건으로 이마를 씻어라. (수건을 햄릿에게 주고는 탁자로 가서 햄릿의 술잔을 든다) 햄릿, 너의 행운을 위하여 내가 축배를 들겠다.

햄　　릿　감사합니다.

왕　왕비, 그건 마시면 안 되오!

왕　　비　폐하, 마시겠어요. 용서하세요. (조금 마시고 잔을 햄
　　릿에게 준다)

왕　(방백) 저건 독을 넣은 술인데. 이젠 늦었어!

햄　　릿　좀 기다리십시오, 어머니. 죄다 마시죠.

왕　　비　자, 네 얼굴을 씻어 주마. (햄릿 얼굴의 땀방울을 씻어
　　준다)

레어티스　(왕에게) 이번엔 꼭 한 대 먹이렵니다.

왕　웬걸!

레어티스　(방백) 암만해도 양심에 꺼림칙한데.

햄　　릿　자, 레어티스, 3회전이네. 자네, 힘을 넣고 있지 않은
　　것 같군. 좀 맹렬히 찔러 봐. 날 어린애 취급하지 말고!

레어티스　그렇다면 자!

3회전이 시작된다.

오즈리크　무승부. (두 사람, 떨어져 선다)

레어티스　(느닷없이) 자, 한 대!
　　(옆을 보는 틈을 노려 햄릿에게 상처를 입힌다. 상대방의 비겁한
　　행동에 햄릿은 격분하여 레어티스와 격투한다. 두 사람은 우연히

서로 칼을 바꿔 쓴다)

왕　뜯어 말려라. 흥분들 하고 있구나.

햄　　릿　(레어티스를 향하여) 자 다시!

이때 왕비가 쓰러진다.

오즈리크　아, 왕비마마가!

햄릿이 레어티스를 깊이 부상 입힌다.

호레이쇼　피를, 양쪽이 다! 아니, 이게 웬일이십니까, 전하?

오즈리크　(레어티스를 안아 일으키면서) 어떻게 된 영문이오, 레
　어티스?

레어티스　아이구, 오즈리크. 왜가리 모양으로 내 덫에 치었어!
　바로 내 술책에 죽게 됐어.

햄　　릿　어머니, 어찌 된 일입니까?

왕　　비　아니다, 아니다, 저 술…… 아, 햄릿아…… 저 술, 저
　술! 독이! (쓰러진다)

햄　　릿　음모다! 에잇! 어서 문을 잠가라…… 흉계다! 범인을
　잡아라.

레어티스　범인은 여기 있습니다. 왕자 전하, 전하도 목숨을 잃었

습니다. 이젠 이 세상 어떤 약도 소용이 없습니다. 앞으로 반 시
간도 견디어 내지 못하십니다. 흉기는 지금 전하 손에 쥐어져
있습니다. 칼 끝이 뾰족하고 독약이 칠해진 그 흉기는…… 흉계
는 결국 저 자신에게로 돌아왔습니다. 보십시오, 저는 이렇게
쓰러진 채 다시는 일어나지 못합니다. ……왕비마마께선 독살
을…… 이젠 더 말할 기력이 없습니다. 장본인은 왕, 저 왕.

햄   릿 칼 끝에까지 독을! 그렇다면 이놈, 독맛을 좀 봐라!
(달려가 왕을 찌른다)

일   동 반역이다! 반역이다!

왕 아이구 이놈들아, 제발 나를 보호해라, 상처는 대단찮으니.

햄   릿 엣다! 이 독약을 마셔라, 살인 강간을 한 이 악마 같은
덴마크 왕 놈아. (억지로 독을 먹인다) 어때, 진주알은 들어 있
느냐? 내 어머니 뒤를 따라가라. (왕, 숨이 끊어진다)

레어티스 자기 손으로 제조한 독주, 바로 천벌을 받은 것입니
다. 우리 서로 죄를 용서합시다. 햄릿 전하, 저나 아버님의 죽
음이 전하께 죄가 되지 않기를, 그리고 전하의 죽음이 제게 죄
가 되지 않기를! (숨이 끊어진다)

햄   릿 하느님이 자네 죄를 용서하시기를! 나도 자네 뒤를 따
라가네…… (쓰러진다) 호레이쇼, 나는 죽네. 가엾은 어머니,
안녕히! 이 참변에 파랗게 질려서 벌벌 떠는 여러분들, 이 비극
의 무언 배우나 관객밖에 못 되는 여러분들! 죽음의 잔인한 사

자가 사정 없이 나를 붙잡아 가는구려. 아, 해두고 싶은 얘기가 있지만…… 어디 시간이 있어야지. 호레이쇼, 나는 가네. 자네는 살아 남아서 나와 나의 입장을 올바르게 설명해 주게, 나를 비난하는 사람들에게.

호레이쇼 살아 남다뇨, 천만의 말씀. 저는 이제 덴마크인이기보다도 저 고대 로마인답고 싶습니다…… 마침 독주가 남아 있습니다. (잔을 든다)

햄 릿 (일어서서) 대장부라면, 그 잔을 이리 주게. 자, 손을 놔. 제발 이리 달라니까! (호레이쇼의 손을 쳐서 잔을 마루에 떨어뜨리고 쓰러진다) 아, 호레이쇼, 전말을 설명 하지 않고 이대로 놓아 둔다면 어떤 누명이 사후에 남을 것인가! 자네가 나를 소중히 여긴다면, 여보게 잠시만 천상의 행복을 물리치고 고생스러울지라도 이 험한 세상에 살아 남아서 내 이야기를 후세에 전해 주게…… (멀리서 진군하는 소리가 들려 온다. 이윽고 대포 소리, 오즈리크 퇴장) 저 늠름한 소리는?

오즈리크 (돌아서서) 노르웨이 왕자 포틴브라스 일행, 지금 폴란드로부터 개선 도중, 마침 영국 사절을 만나 저렇게 늠름하게 예포를 놓고 있습니다.

햄 릿 아, 나는 죽네, 호레이쇼, 맹독이 전신을 마비시켜 버렸네. 영국에서 오는 소식도 듣지 못할 것 같네. 하나 한 마디 앞날 일을 말해 두지만, 덴마크의 대통을 계승할 사람은 포틴브라스밖에 없네. 이것이 나의 마지막 말일세. 그분께 그렇게 전해 주게. 그리고 사태가 이렇게 된 사정도 상세하게……. (숨을 거둔다)

호레이쇼　이제 깨졌구나, 고귀한 정신도. 안녕히 가십시오, 왕자님. 천사들 노래에 안내되어 안식처로 가십시오. 그런데 어쩐 일일까. 저 북소리가 가까워 오니?

해
릿

포틴브라스 왕자, 영국 사절, 기타 등장.

포틴브라스　어디냐, 참변 현장은?

호레이쇼　더 이상 무엇을 보고자 원하시는지? 이보다 비참하고 놀라운 광경이 어디 있겠습니까.

포틴브라스　이 시체더미는 무참한 살육을 말하는구나. 아, 교만한 죽음의 신 같으니. 지하의 네 영원한 암실 속에서 무슨 향연이라도 열 심산이란 말인가? 이렇듯 수많은 귀인들을 한 칼로 이렇게도 참혹하게 쓰러뜨리다니?

사　　절　목불인견(目不忍見)의 참상입니다. 영국서 가져온 보고는 너무 늦었구려. 들어 주실 분의 귀는 이미 감각이 없네요. 명령대로 길덴스턴과 로젠크랜츠 두 사람을 사형에 처했는데, 치하는 어디서 받아야 좋을까요?

호레이쇼　왕한테서는 치하를 받지 못합니다. 비록 살아서 말할 입이 있다 할지라도. 두 사람의 사형을 왕이 명한 적이 없으니까요. 그리고 아무튼 이 참극과 때를 같이 하여 이렇게 한 분은 폴란드에서, 또 한 분은 영국에서 이곳에 도착들 하셨으니, 이 시체들을 사람들이 볼 수 있게끔 높은 단 위에 모시도록 명령해 주십시오. 그리고 저로 하여금 사건의 전말을 아무것도 모르는 세상 사람들에게 설명토록 해주십시오. 간음, 잔행, 시역, 패륜, 과실 치사, 부득이한 모살(謀殺), 그리고 끝으로 간계가 빗나가서 도리어 이를 계획한 장본인 두상에 떨어지게 된 경위를 사실대로 다 말하고 싶습니다.

포틴브라스 어서 들어나 봅시다. 중신들을 곧 이 자리로 소집하시오. 나로서는 한편으로 애도하며 이 행운을 맞이하겠소. 이 왕국에 대해서는 다소 잊지 못할 권리를 가지고 있는 이 사람이오. 이 기회에 그 권리를 주장해야겠소.

호레이쇼 그 점에 대해서는 저도 말씀드릴 것이 있습니다. 더구나 그것은 다수 의견이 지지한 햄릿 공의 입에서 나온 말씀입니다. 그러나 아까 말씀드린 일부터 처리하십시오. 인심이 소란한 때이니만큼, 음모나 오해에서 또 무슨 불상사가 일어날는지 모르니까요.

포틴브라스 부대장, 무인의 예를 갖추어 햄릿 전하를 단 위로 모셔라. 기회만 얻었던들 역사상 보기 드문 왕이 되셨을 것이다. 자, 전하의 서거를 애도하며 군악과 조포로써 그 유덕을 널리 알리자. 저 시체들도 들어 올려라…… 이 광경, 전장에는 어울릴지나 이 자리에는 보기 흉하다. 자, 누구 가서 병사들에게 명하여 조포를 쏘게 하라.

병사들이 시체를 받들고 퇴장. 그 동안 장송곡이 흐르고, 이윽고 조포가 은은하게 들려온다.

해
릿

독후감

깋라잡이

 **내용 훑어보기**

《햄릿》은 전 5막으로 구성된 희곡으로, 당시 유행한 복수 비극의 형태를 취하면서 부왕의 원수를 갚아 국가 질서의 회복을 꾀하지 않으면 안 되었던 햄릿 왕자의 고뇌를 주제로 한 비극입니다. 햄릿의 사색적 성격은 19세기의 낭만주의에 의하여 더욱 높이 평가되었습니다.

덴마크의 왕국에서는 왕자 햄릿이 부왕의 갑작스런 죽음으로 슬픔에 잠겨 있습니다. 부왕이 죽자 숙부 클로디어스가 왕위에 오르고 햄릿의 어머니와 재혼합니다. 햄릿은 너무 서둔 어머니의 재혼을 한탄하는데, 그러던 어느 날 부왕의 망령이 나타나 자신이 숙부에게 독살되었음을 말합니다.

그 동안의 사정을 들은 햄릿은 진상을 확인하기 위해 은밀히 계획을 세우고, 이러한 계획이 들키지 않도록 미친 사람처럼 행동하기 시작합니다.

어느 날 성에 한 극단이 들어오고, 햄릿은 그들로 하여금 부왕과 숙부 그리고 어머니인 왕비와의 관계와 비슷한 연극을 하도록 합니다. 연극을 보던 숙부는 독살 장면이 나오자 안색이 변하여 퇴장해 버립니다.

숙부의 죄를 확인하고 복수를 하려던 햄릿은 실수로 연인 오필리어의 아버지이자 재상인 폴로니어스를 왕으로 잘못 알고 살해하게 됩니다. 이 충격으로 오필리어는 실성해서 물에 빠져 죽고 맙니다.

왕은 햄릿을 영국으로 떠나 보내고 영국 왕으로 하여금 햄릿을 죽이도록 하는 계획을 세우나 햄릿은 도중에서 되돌아옵니다. 아버지 폴로니어스와 여동생 오필리어의 죽음으로 복수심에 불타던 레어티스는 왕의 꾐에 빠져 독을 묻힌 검을 가지고 햄릿과 대결하게 됩니다.

그러나 왕의 계획은 틀어져, 왕비는 왕이 햄릿을 독살하려고 준비한 독주(毒酒)를 모르고 마시고는 쓰러집니다. 레어티스와 햄릿은 서로에게 상처를 입히고 결국 레어티스는 독검에 맞아 죽습니다. 어머니의 죽음을 안 햄릿은 격분해서 독검으로 왕을 찌르고, 독배의 남은 술을 마시게 해서 복수에 성공합니다. 그러나 자기 몸에도 차츰 칼의 독이 퍼지기 시작하여 모든 것을 호레이쇼에게 부탁하고, 마침 폴란드에서 개선해 온 포틴브라스를 덴마크 왕의 후계자로 정하라는 유언을 남기고 조용히 숨을 거둡니다.

② 작품 분석하기

햄릿은 5막 20장으로 이루어진 셰익스피어의 4대 비극 중 하나로, 1602년에 처음 공연된 것으로 추정됩니다. 12세기경의 덴마크를 배경으로 하고 있는 이 작품은, 주인공 햄릿의 고뇌와 비극적 결단 그리고 죽음을 치밀한 심리 묘사와 탁월한 시적 문체로써 극화시킨 명작입니다.

햄릿을 둘러싼 인간의 탐욕과 사악함이 빚어내는 갈등, 비극성, 그리고 그 가운데서 고뇌하는 주인공 햄릿의 모습이 이 작품의 핵심입니다. 더불어 등장인물에 대한 뛰어난 성격 묘사와 절묘한 대화는 이 작품을 더욱 빛나게 하고 있지요.

주인공 햄릿은 아버지의 망령으로부터 복수를 지시받습니다. 햄릿은 여기에 대해 고뇌하던 중 실수로 폴로니어스를 죽임으로써 레어티스로부터 복수를 당할 입장에 놓이게 되죠. 여기에 레어티스의 여동생 오필리어와의 관계, 로젠크랜츠와 길덴스턴의 관계 등이 가미되어 사건은 점점 진전되어 가고, 그 속에서 햄릿의 의식 세계가 잘 표현되고 있습니다.

이 작품에서 셰익스피어는 인간의 의지와 운명 사이의 원초적인 갈등을 구체화시켜 햄릿의 인간상을 더욱 부각시키는 데 성공하고 있습니다. 복수를 지상의 과제로 삼고 있음에도 눈앞에 있는 기회를 이용하지 못할 만큼 인간적인 고뇌에 빠진 햄릿의 정신 세계야말로, 《햄릿》이 단순한 복수극에 머물지 않고 인간 본연의 순수함으로 승화된 주요 원인일 거예요.

이 작품의 성격을 특징짓는 것은 '햄릿'이라고 해도 과언이 아닙니다. 햄릿은 흔히 매우 내성적이고 연약하며 행동력이 부족하고 우울한 인물이라고 생각합니다. 햄릿의 성격에서 내성적이고 사변적(思辨的)인 면이 두드러지게 부각되는 것은 사실이지만, 반면에 매우 행동적이고 때에 따라서는 잔인한 일면도 지니고 있음을 알 수 있습니다. 이런 강약의 성격은 다른 작품들에서는 찾아보기가 힘든데, 이는 《햄릿》이 복수를 테마로 하는 비극이라는 점과 관련이 있겠지요.

　비극의 장르는 셰익스피어 당시의 영국에서는 관객들에게 굉장한 인기가 있었던 것으로, 기복이 많고 자극적인 사건 등은 과장된 대사의 수식과 더불어 대중의 흥미를 더욱 자극했던 것입니다.

　괴테는 햄릿의 성격에 대하여 이렇게 말했습니다.

　'순수하고 고귀하며 정의감이 매우 강한 사나이, 영웅에게 요구되는 강인한 신경을 갖지 못한 사랑스러운 사나이가 짊어질 수 없는, 그렇다고 해서 내동댕이칠 수도 없는 무거운 짐에 짓눌려 살고 있다. 그에게는 불가능한 것이 강요되어, 그는 주저하면서 자기를 괴롭히고 있다. 한 발짝 앞으로 나아갔다가는 후퇴하고, 하는 일마다 골칫덩어리라서 목적 의식까지 잃어 버리지만, 그렇다고 마음의 안식을 되찾지도 못한다.'

　그러나 햄릿이 단지 이분법적인 사고만을 보여주었다면 우리들은 그에게서 매력을 얻기 힘들었을 것입니다. 아버지의 망령이 찾아옴으로써 삶과 죽음, 선과 악으로 양분된 사고를 벗어나지

못하고 그 안에서 회의하고 갈등하던 햄릿은 5막에 이르면 초월
적인 경지에 이릅니다. 삶과 죽음의 문제를 초월하여 '마음의 준
비가 최고'이며 '순리를 따라야지'라고 하지요. 이런 마음가짐
때문에 햄릿은 이분법적 세계에 속한 인물이면서 동시에 거기에
서 벗어날 수 있는 가능성을 가진 인물임을 보여줍니다. 그러나
그는 또한 완전히 그것을 벗어나는 확고부동한 인물로 그려지는
것이 아니라, 끝까지 고통받는 인간의 차원에서 살다 죽는데, 이
점이 우리가 햄릿의 고뇌에 공감할 수 있는 이유일 것입니다.

그렇다면 햄릿이라는 주인공을 통하여 셰익스피어가 말하고자
하는 바는 무엇일까요?

이 작품의 주제를 한 마디로 정의하기는 매우 어렵습니다. 그렇
지만 인간의 존재 문제를 가장 포괄적으로 다루고 있다고는 말할
수 있겠지요. 셰익스피어는 당시 유행했던 복수극을 염두에 두고
《햄릿》을 썼지만, 이 작품은 단순히 아버지의 원수를 갚는다는 의
미를 넘어 '복수'라는 행위가 인간의 존재와 도덕성에 미치는 영
향과 그 행위의 본질을 추구하고 있습니다.

《햄릿》에서 벌어지는 많은 사건들은 개인과 가족과 국가, 심지
어는 우주적인 차원에서까지 그 의미를 생각해야 할 정도로 포괄
적입니다. 여기에 더하여 행동과 행동의 지연, 가짜와 진짜 광기,
허구와 실재, 이성과 열정 등 상반되는 개념과 가치들을 대립시
킴으로써 우리의 사고와 행위의 본질에 대해 끊임없이 묻고 있습

니다. 결국 《햄릿》은 살아가고 있는 '존재'라는 큰 테두리 안에서 우리가 관심을 가질 수 있고, 또 가져야 하는 삶의 모든 문제들을 다루고 있다고 할 수 있지요.

특히 이 작품에 나와 있는 '사느냐 죽느냐, 이것이 문제로다.'라는 햄릿의 독백은 우유부단한 '햄릿형 인간'을 창조하여 중요한 사항에 결단을 내리지 못하는 사람을 말할 때 주로 인용되는 명구가 되었습니다.

햄릿이 제기한 선택의 문제는 단순히 일상적인 삶 속에서 만나는 자질구레한 선택들과는 다른 차원의 것입니다. 부친이 살해되었다는 점, 그럼에도 불구하고 살인자는 왕관을 쓰고 삶을 살고 있다는 점 등 이러한 비윤리적인 사실을 지켜본 한 인간으로서 햄릿이 그러한 현실에 대면하여 어떻게 자신의 삶을 정립해 나갈 것인지를 작가는 묻고 있습니다. 사느냐, 죽느냐, 다른 선택의 여지가 없는 현실 앞에 햄릿은 목숨을 걸게 되는 것이지요.

그렇지만 햄릿은 쉽게 행동하지 못합니다. 그래서 그의 이런 우유부단함을 두고 회의적 지식인의 전형이라고 말하는 사람들도 있습니다. 그렇지만 선택의 기로에 놓인 햄릿의 고뇌와 그의 내면에서 일어났던 싸움은 근본적으로 선악과 생사의 본질을 이해하려는 데서 나오는 것으로 이해해야 할 것입니다.

③ 등장인물 알기

햄 릿　이 작품의 주인공으로, 덴마크의 왕자입니다. 아버지가 숙부에게 암살되었음을 알고 복수를 다짐합니다. 그러나 쉽게 행동을 단행하지 못하지요. 흔히 선택의 기로에서 우유부단하게 결단을 내리지 못하는 사람을 가리켜 '햄릿형 인간'이라고 말합니다. 행동력이 부족하고 내성적인 면이 두드러지게 부각되고는 있지만, 햄릿은 양극적 성격을 가지고 있는 인물입니다.

예를 들면, 모든 명분과 조건을 다 갖추었음에도 불구하고 복수를 지연시키지요. 즉 숙부를 죽일 수 있는 절호의 기회를 맞이해도 그를 살려주지만, 휘장 뒤에 있는 폴로니어스를 숙부라 생각하여 아무 주저 없이 찔러 죽이기도 합니다. 때로는 잔인하기도 하고 행동적이지만 연약하기도 하고 내성적이기도 한 그의 양극적인 성격은 보편적인 인간의 사고와 행동을 보여주는 것입니다.

클로디어스　덴마크 국왕의 동생으로, 형을 암살하고 형의 아내와 결혼하고 왕이 되는 간교한 인물입니다. 햄릿을 죽이려고 교묘한 술책을 쓰지만 결국 햄릿의 칼에 죽게 됩니다.

거트루드　햄릿의 어머니로, 왕이 죽은 뒤 클로디어스의 아내가 됩니다.

폴로니어스　재상. 햄릿이 클로디어스로 오인하여 햄릿의 칼에 맞아 죽습니다.

레어티스 폴로니어스의 아들로 햄릿의 우유부단함과는 반대의 성격을 가진 인물입니다. 아버지의 소식을 듣고 격분하여 클로디어스에게 반기를 들려 했으나, 그의 교묘한 회유에 넘어가 햄릿과 결투를 벌이게 됩니다.

오필리어 폴로니어스의 딸로 햄릿의 애인입니다. 아버지의 죽음과 실연의 아픔을 견디지 못해 실성하고 물에 빠져 죽습니다.

호레이쇼 햄릿의 친구이자 의논 상대가 되는 인물입니다.

로젠크랜츠, 길덴스턴 햄릿의 어린 시절 친구들입니다.

4 작가 들여다보기

영국 스트래트퍼드 출신인 윌리엄 셰익스피어는 1564년 4월 23일에 태어났습니다. 그러나 이는 확실한 기록이 아니며 단지 그가 1616년 4월 23일에 세상을 떠났다는 사실로 미루어 추정해 낸 것입니다. 또한 세례받은 날이 문헌상 4월 26일로만 남아 있으므로, 당시의 관례로 미루어 4월 23일을 출생일로 추정하여 기념하고 있지요.

셰익스피어는 영국이 '인도와도 바꿀 수 없다.'고 한 위대한 문호임에도 불구하고, 그의 생애 전반에 걸친 확실한 자료는 그다지 알려져 있지 않습니다. 셰익스피어의 조부인 리처드 셰익스피어는 농부로서, 장남 헨리와 차남 존 두 아들을 두었습니다. 존 셰익스피어는 스트래트퍼드에서 농산물 판매에 손을 대어 상당한 재산을 모았으며, 그곳에서 유력한 명사로서의 지위를 확고히 했습니다. 1557년 그는 스트래트퍼드 근방에 있는 윌름코트의 지주인 로버트 아든의 막내딸인 메리와 결혼하였지요. 윌리엄 셰익스피어는 그들 사이에 출생한 8남매 중 장남이었습니다. 윌리엄 셰익스피어의 어린 시절에 관해서 자세한 것을 알 수 있는 자료는 아무것도 남아 있지 않습니다.

어린 시절은 어려움 없이 보내지만, 14살 때부터 가세가 기울어 대학 진학을 포기해야 했습니다. 그러나 당대 교육 기관으로서는 특수층 자제만이 다닐 수 있었던 그래머스쿨에서 라틴어를 익혀 서양의 고전을 섭렵할 능력을 갖춘 것이 그의 천재성을 싹 틔우는 데 큰 몫을 하게 됩니다.

18세 때 8세 연상의 여인 앤 해서웨이와 결혼하여 딸을 낳고, 곧 이어 쌍둥이 남매를 낳게 되지만 아내와 다정한 삶을 누렸다는 기록은 없습니다. 그 후 런던의 극장에서 허드레 일꾼으로 출발하기까지의 8년 간의 행적에서 시골 학교 교사, 귀족의 심부름꾼 등으로 전전하며 방황한 삶의 흔적이 있습니다.

그는 30세가 된 1594년부터 의전장관 극단에 소속되어 극작가로서 승승장구할 계기를 맞습니다. 그 후 20여 년 간 전속 극작가 겸 극단 공동 경영자로, 때로는 무대에서 직접 배역까지 맡기도

하였는데, 이 시기에 40여 편의 희곡과 시집을 펴냈습니다.

32세가 되었을 때 그는 극작가로서 어느 정도 성공해 있었습니다. 이때부터는 경제적으로 안정이 되었고, 연극계에서도 확고한 지위를 굳혀 갑니다. 또한 사교계에도 진출하여 사우댐프던 백작을 비롯해 각계의 명사들과 알게 되지요.

그는 1596년에서 1600년 초까지, 주로 희곡에 있어서의 시의 기능적 역할에 관한 탐구를 계속했습니다. 결국 그는 수많은 시작을 통해 극중 인물의 대사를 더욱 심도 깊고 생동감 있게 표현하는 데 성공하였습니다.

1596년 8월 아들의 죽음으로 인해 셰익스피어는 고향인 스트래트퍼드를 방문합니다. 고향에서 가족들과 옛 친지들을 만나본 뒤 그는 기울어진 가세를 일으키는 데 힘을 씁니다. 그리고 그곳에서 돌아와 1599년 템스강가에 건축된 글로브 극장 부근에서 생활합니다. 그리고 1600년 이후 일련의 비통한 비극 작품을 발표하기 시작했습니다. 그러나 이러한 전환을 시도하게 된 그의 내적인 변화가 무엇인지에 관해서는 알려진 바가 없습니다.

1601년 에섹스 경의 반란에 가담했다는 혐의로 절친한 친지이며 후원자였던 사우댐프던 백작이 종신형을 받은 사실과 아버지 존 셰익스피어의 죽음이 그에게 상당한 충격을 주었으리라는 추측을 해볼 수는 있습니다. 게다가 막내 동생 에드먼드가 유행병으로 세상을 떠나고, 1608년에는 어머니 메리까지 사망하여 셰익스피어는 매우 심각한 실의에 차 있었다고 합니다.

그가 언제 다시 고향인 스트래트퍼드로 돌아왔는지 그 확실한 연대는 알 수 없으나, 아무튼 런던의 유행병을 피해 낙향해 있었던 듯합니다. 그는 1610년에서 1614년까지 스트래트퍼드의 많은 부동산을 사들였고, 이후에 그곳에 머무른 흔적이 나타나 있습니다. 1616년 1월 25일 자신의 유언장을 작성한 그는 3월 25일에 그것에 서명한 것으로 보입니다.

아마 이때 이미 자신에게 죽음이 임박해 있음을 깨달았던 듯합니다. 이렇게 해서 세계적인 대문호 윌리엄 셰익스피어는 1616년 4월 23일 53세의 나이로 일생을 마쳤습니다.

그럼 셰익스피어의 삶을 연도별로 들여다볼까요?

1564년   4월 23일 아버지 존 셰익스피어와 어머니 메리 아든의 장남으로 스트래트퍼드에서 출생. 4월 26일에 세례받음.

1582년   11월 27일, 8세 연상의 앤 해서웨이와 결혼.

1583년   5월 하순, 장녀 스잔나 탄생.

1585년   장남 햄닛과 차녀 주디스 쌍둥이 탄생.

1588년   런던에서 최초 극작품들이 공연됨.

1590년   〈헨리 6세〉제2부, 제3부 초연.

1591년   〈헨리 6세〉제1부 초연.

1592년   〈리처드 3세〉초연. 〈잘못투성이 희극〉초연.

1593년 〈타이터스 앤드로니커스〉 초연.〈말괄량이 길들이기〉 초연. 시집《비너스와 아도니스》출판.《소네트집》에 수록된 대부분의 작품은 이 해부터 1596년경까지 씌어졌음.

1594년 6월에 런던의 극장이 정식으로 문을 열어 극단의 재편성이 있었음. 셰익스피어는 극단 일에 참여. 시집《루크리스의 능욕》출판.〈베로나의 두 신사〉 초연.〈사랑의 헛수고〉 초연.〈로미오와 줄리엣〉 초연.《타이터스 앤드로니커스》출판.

1595년 〈리처드 2세〉 초연.〈한 여름밤의 꿈〉 초연.

1596년 아들 햄닛 사망. 부친의 문장 사용이 허용됨.〈존 왕〉 초연.〈베니스의 상인〉 초연.

1597년 〈헨리 4세〉 제1부, 제2부 초연.《리처드 2세》출판.《리처드 3세》출판.《로미오와 줄리엣》출판. 스트래트퍼드에서 뉴플레이스라는 저택 구입.

1598년 〈헛소동〉 초연.〈헨리 5세〉 초연.《헨리 4세》제1부 출판.《사랑의 헛수고》출판.

1599년 〈율리우스 카이사르〉 초연.〈당신이 좋을대로〉 초연.〈십이야〉 초연.

1600년 〈햄릿〉 초연.〈윈저의 명랑한 아낙네들〉 초연.《헛소동》출판.《한 여름밤의 꿈》출판.《베니스의 상인》출판.

1601년 부친 존 사망.〈트로일루스와 크레시다〉 초연.〈끝이 좋으면 다 좋다〉 초연.《윈저의 명랑한 아낙네들》출판.

1603년 가을, 존슨의 〈시제이너스〉에 출연한 것이 셰익스피어가 배우로서 무대에 선 최후의 기록이 됨.《햄릿》출판. 3월 19일, 엘리자베스 여왕이 중태에 빠져 흥행이 금지됨. 3월 24일, 여왕 서거.

1604년 〈오셀로〉초연.〈자에는 자로〉초연. 4월, 극장이 재개됨.

1605년 〈리어 왕〉초연.

1606년 〈맥베스〉초연.〈안토니우스와 클레오파트라〉초연.

1607년 6월 5일, 장녀 스잔나가 스트래트퍼드의 의사 존 홀과 결혼.〈코리올라누스〉초연.〈아테네의 티몬〉초연.

1608년 9월 7일, 모친 사망.〈페리클레스〉초연.《리어 왕》출판.

1609년 〈심벨린〉초연.《소네트집》출판.《트로일루스와 크레시다》출판.《페리클레스》출판.

1610년 〈겨울이야기〉초연. 셰익스피어 스트래트퍼드로 은퇴.

1611년 〈폭풍〉초연.

1612년 동생 길버트, 스트래트퍼드에 매장됨.

1613년 동생 리처드 사망.

1616년 딸 주디스 2월 10일에 결혼. 윌리엄 셰익스피어 스트래트퍼드에서 4월 23일 사망.

1622년 《오셀로》출판.

1623년 글로브 극장 시절의 동료 배우 존 헤밍과 헨리 콘델의 편집에 의해 셰익스피어의 극작품들이 최초의 단권 전집으로 출판됨. 부인 앤 해서웨이 사망.

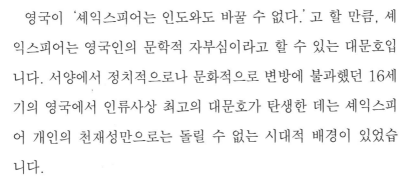 5 시대와 연관짓기

영국이 '셰익스피어는 인도와도 바꿀 수 없다.'고 할 만큼, 셰익스피어는 영국인의 문학적 자부심이라고 할 수 있는 대문호입니다. 서양에서 정치적으로나 문화적으로 변방에 불과했던 16세기의 영국에서 인류사상 최고의 대문호가 탄생한 데는 셰익스피어 개인의 천재성만으로는 돌릴 수 없는 시대적 배경이 있었습니다.

장구한 세월 동안 위세를 떨친 로마 제국의 영향하에 유럽 통치의 중심은 이탈리아였습니다. 이 세력의 휘하에 있는 프랑스, 스페인, 독일 등 대륙 국가들의 눈치를 살피며 섬 안의 세 갈래 적(스코틀랜드, 아일랜드, 웨일스)을 평정하는 데 급급해 온 영국은 셰익스피어가 탄생한 16세기 후반에 이르러 정치 세력의 중원국으로 자리를 잡습니다. 셰익스피어가 태어나기 6년 전에 등극한 엘리자베스 여왕은 왕가간의 끊임없는 분란으로 단명했던 그전의 왕들과는 달리 전무후무한 45년 간의 장수 왕좌를 누리게 되지요. 그리고 지혜롭고 희생적인 구국의 일념으로 섬을 통일하고 국력을 길러, 대륙의 힘에 맞서 세계를 주름잡는 대영제국의 긍지를 영국 국민들에게 불어 넣게 됩니다.

16세기 전반까지 정치적으로 대륙에 추종했다고 한다면, 문화적으로는 대륙을 모방했던 16세기의 영국에서 셰익스피어와 같은 대문호가 탄생한 것은 갑작스런 일이 아닙니다. 국세의 확장에 힘입어 국민의 고양된 자긍심이 문화의 독창력으로 승화된 계기를 맞은 결과라고 보아야 할 것입니다. 이러한 시대적 조건과 맞물려 셰익스피어의 뛰어난 문학성이 발휘된 것이지요.

셰익스피어가 《햄릿》을 쓴 1600년경은 소위 말하는 르네상스 시대로서 이탈리아에서 시작된 새로운 문화의 물결이 유럽 대륙을 거쳐 영국에 상륙하여 번성하던 때였습니다. 셰익스피어가 갈릴레오와 같은 해에 태어나고 세르반테스와 같은 해에 죽었다는 사실만으로도 그 당시의 분위기를 어느 정도 짐작할 수 있겠지요. 신대륙의 발견이나 망원경에 의한 별들의 관찰로 대표되는 외부 세계에 대한 인간의 관심은 내면 세계에도 그대로 적용되었습니다. 안과 밖으로 인간의 능력은 확대되었지만, 동시에 이에 대한 회의도 커지게 되었지요.

셰익스피어는 햄릿의 대사를 통해 인간의 능력에 대한 끝없는 믿음과 그것에 대한 깊은 회의를 동시에 드러내고 있습니다.《햄릿》은 르네상스의 회의적인 분위기를 반영하고 있으며, 동시에 천사와 동물 사이의 중간에 위치한 인간의 모습을 대변하고 있습니다.

또한 15세기에 이탈리아에서 시작된 문예부흥 운동이 대륙을 거쳐 토마스 모어의 의해 영국에 점화된 때가 대륙보다 한 세기 늦은 16세기 전반이었습니다. 그러나 대륙 문화의 영향을 받은 에드먼드 스펜서가 고전 문학의 단순 모방 차원을 넘어 모국어 문학의 지평을 넓힌 것이나, 대학 재사들이 신극운동으로 고전극의 답습에 머물지 않고 영국 토착극을 발전시켜 독창성을 발휘할 가능성을 암시해 준 것 등은 셰익스피어의 문학 세계를 풍성하게 한 밑거름이 되었습니다.

독후감 길라잡이

6 작품 토론하기

1 햄릿의 '사느냐 죽느냐, 그것이 문제로다.'라는 유명한 독백은 오늘날에도 비윤리적인 모습이나 부정한 현실에 대해서 '사회의 모순을 참고 견뎌야 하는가, 아니면 목숨을 걸고 해결해야 하는가' 하는 문제 의식과도 같다고 할 수 있습니다. 우리 사회에서 발견되는 비윤리적이거나 혹은 부조리한 현상을 생각해 보고, 이에 대해 어떤 태도를 지니는 것이 올바른 삶인지에 대해 이야기해 봅시다.

▶ 햄릿은 '사느냐 죽느냐, 그것이 문제로다.'라는 유명한 말을 남깁니다. 부친이 숙부에게 살해당했다는 비윤리적 현실을 알게 되고, 그 현실에 대면하여 어떻게 행동을 해야 하는지를 고민하는 것이지요. 햄릿은 이 현실 앞에 자신의 목숨을 거는 쪽을 선택합니다.

우리 사회에서도 비윤리적인 모습이나 부정한 현실을 많이 목격하게 됩니다. 부실 공사를 하여 성수대교나 삼풍백화점이 무너진 사건이라든지, 단지 돈을 좀더 많이 벌기 위해 음식에 해로운 물질을 넣어 판매하는 경우를 그 예로 볼 수 있습니다. 우리는 여기에서 이러한 사회의 모순을 '참고 견뎌야 하는가, 아니면 목숨을 걸고라도 해결해야 하는가.'라는 갈등을 겪게 됩니다.

물론 잘못된 현실을 바로잡는 데는 많은 용기와 노력과 위험을 감수해야 합니다. 그렇지만 사회의 부정이나 모순에 대하여 그것을 개선하려는 노력을 하지 않는다면, 우리 사회는 어떻게 될지 생각해 봅시다. 올바른 개혁 없이 사회는 한 걸음도 발전할 수 없습니다. 개선하려는 노력이 꼭 성공하지 못할지라 해도 바로잡으려는 노력을 했다는 사실만으로도 큰 의미를 던져 주는 것입니다.

그 예로 우리 역사에서 일제치하에 독립운동에 몸을 바쳤던 분들을 생각해 볼 수 있을 것입니다.

독후감 길라잡이

2 | 햄릿은 이 작품 전체의 성격을 결정짓고 있는 인물입니다. 우리는 흔히 햄릿을 나약하고 우유부단한 성격이라고 말합니다. 그러나 햄릿의 성격은 꼭 하나로만 규정지을 수 없는 다양성과 양극성이 나타납니다. 자신이 생각하는 햄릿의 성격에 대해 이야기해 봅시다.

▶햄릿은 아버지를 암살한 숙부에게 복수를 하기로 결심합니다. 그렇지만 쉽게 행동으로 옮기지 못하는 나약함과 결정을 내리지 못하고 흔들리는 우유부단함을 많이 보이고 있습니다. 그렇지만 그에게 이런 성격만이 나타나는 것은 아닙니다.

그는 복수할 수 있는 절호의 기회에 숙부를 살려 주는가 하면, 잘못 오인하고 폴로니어스를 주저 없이 찔러 죽이기도 하지요. 이 밖에도 많은 행동들에서 햄릿은 극단적인 행동 지연과 행동 실천을 한꺼번에 보여주고 있습니다. 내성적이고 사변적인가 하면, 매우 행동적이기도 하고 잔인한 일면도 동시에 지니고 있습니다.

구체적인 장면들을 찾아 보고, 햄릿의 성격에 대해 이야기를 나눠 봅시다.

① 독후감 예시하기

┃ 독후감 1 ┃ 사회적 부조리에 맞선 선택의 문제

'죽느냐 사느냐, 그것이 문제로다.' 셰익스피어의 《햄릿》 하면 제일 먼저 떠오르는 구절이다. 선택의 문제에 직면한 햄릿의 내면 고백은 이제 회의하는 모든 일반인들의 독백으로 사용되고 있다. 사실 선택이란 결단을 요한다는 점에서 항상 고독하고 절망스러운 것이다.

《햄릿》에서 말하는 선택이란 우리가 보통 일상 생활에서 자질구레하게 하는 선택의 의미와는 조금 다른 것 같다. 이걸 먹을까, 저걸 먹을까, 이 책을 살까, 저 책을 살까라는 차원의 선택과는 다르다. 우리는 수없이 많은 선택을 하면서 살아간다. 사실 삶은 선택의 결과로서만 진행되는 프로그램이 아닐까 하는 생각도 든다.

그러나 햄릿이 제기한 선택의 문제는 단순히 일상적인 삶 속에서 만나는 사소한 선택들과는 차원을 달리한다는 점에서 진지하게 생각해 볼 만한 실마리를 제공한다.

그것은 햄릿을 죽음에 직면하게 할 만큼 절박한 문제이다. 부친이 숙부에게 살해당한 사실을 알게 되고, 그럼에도 살인자는 왕이 되어 잘 살아가고 있는 비윤리적이고도 부정의한 현실 앞에서 햄릿이 어떻게 자신의 삶을 정립해 나가야 할 것인가 하는 문제인 것이다. 햄릿에게 있어서 그것은 사느냐, 죽느냐가 문제인 세

상, 즉 다른 선택의 여지가 없는 세상인 것이고, 그는 이 현실 앞에 목숨을 건다.

비윤리적인 현실 속에서 한 인간이 윤리적인 삶의 정체성을 찾는 일이 곧바로 잘못된 세계의 개조로 연결되지는 않는다. 그렇기 때문에 이것은 고통스러운 일이며, 자신과의 고독한 싸움이기도 하다.

나는 여기에서 우리가 역사와 현실 속에서 겪게 되는 부조리함과 비윤리적인 상황에 맞서 어떻게 살아가야 하는가를 생각해 보게 되었다.

우선, 우리 역사상 가장 부조리하고 힘들었던 때라고 생각되는 것은 바로 일제 시대이다. 힘의 논리에 의해 우리가 일본의 식민지가 되고, 일본에 의해 모진 탄압과 가혹한 삶의 시련이 계속되었을 때, 사람들은 어떤 생각을 하게 되었을까? 식민지의 국민이라는 이유 하나만으로 인간 이하의 대우를 받고 학대와 핍박을 받아도 그것을 바꿀 수 없다는 한계를 느꼈을 때, 어떤 삶의 선택을 내릴 수 있었을까?

그 당시에 그러한 현실을 바꿔야겠다고 마음을 먹는 것은 목숨을 내놓는 것과 다름없었다. 그래서 대부분의 사람들은 현실에 순응하며 살아갔을 것이다. 그렇지만 이러한 현실을 바로잡고자 하는 노력은 끊이지 않았다. 일제라는 거대한 힘 앞에서 한 개인은 무기력하기 짝이 없다는 사실을 알면서도 올바른 정신을 정립하고, 그것을 이루고자 하는 일은 얼마나 힘들고 복잡한 일인가. 분명 세상은 잘못되었지만 그러면서도 강하다는 점, 그러한 세계의 본질을 본 정신은 저항하면서도 끊임없는 절망에 빠질 것이다.

그렇지만 아무리 현실이 타락해 있더라도 바로 그 현실에서의 어려운 싸움을 통하지 않고서는 어떠한 정의와 선에도 다다를 수 없는 것이다. 그래서 독립운동가들은 끝이 보이지 않을 것만 같은 싸움을 포기할 수 없었던 것이다.

우리가 지금 살고 있는 현실에서도 마찬가지이다. 우리는 부정의한 현실을 대면하게 되었을 때 이러한 선택의 기로에 놓여 '죽느냐 사느냐' 라는 고민에 빠져야만 한다. 무관심한 태도로 살아간다거나 현실을 도피하려고만 한다면 현실은 조금도 나아지지 않을 것이다. 왜곡된 현실이라 할지라도, 그것이 나의 선택으로 인해 다시 가치 있는 것으로 바뀔 것이라는 결정이 우리의 삶을 발전시킬 수 있을 것이다.

독후감
제대로 쓰기

책을 읽기 전에

우리는 책을 통해서 지식을 쌓고 학문을 연마하게 됩니다. 또한 교양을 얻고 수양을 쌓게 되지요. 그리하여 즐겁고 보람 있는 생활을 할 수 있는 것입니다. 이러한 습관이 지속된다면 이것이 곧 나의 생활 자체가 되고, 책을 읽는 시간이 얼마나 가치 있고 즐거운 시간인지 깨닫게 될 것입니다.

독후감을 쓰기 위해서는 책을 읽어야 함은 말할 것도 없습니다. 그러나 아무 책이나 읽는다고 다 좋은 것은 아닙니다. 특히 중학생은 아직 양서를 구별할 만한 충분한 지식을 갖추지 못했기 때문에 선생님 혹은 부모님, 그리고 선배들이 권하는 책이나, 이미 국내적으로나 세계적으로 잘 알려진 명작이나 명저를 찾아 읽는 것이 바른 방법이라고 볼 수 있습니다. 예컨대 사회적으로 존경받을 만한 사람들의 일대기를 그린 위인전이나 자서전 같은 것은 읽을 가치가 있으며, 명시 모음집이나 명작 소설, 특정한 분야의 관찰기, 평론집 같은 것도 좋은 읽을거리가 될 수 있습니다.

그럼 효율적인 독서를 위해서 유의해야 할 점을 알아볼까요?

첫째, 본문을 읽기 전에 책의 앞부분에 있는 머리말이나 해설하는 글을 먼저 정독합니다. 그러면 책을 쓰게 된 동기나 평가 등에 대하여 잘 알 수 있게 되죠.

둘째, 목차를 잘 살펴봅니다. 목차에서 그 책의 내용이 어떻게 전개될 것인가에 대해 미리 파악할 수 있기 때문입니다.

셋째, 본문을 읽기 시작하면, 그 중에 잘 모르는 단어나 문구가 나오기 마련입니다. 그런 것은 곧 사전을 찾아 뜻을 알아두어야 합니다. 그런 것을 무시했다가는 자칫 전체를 이해하지 못하는 오류를 범할 수 있거든요.

넷째, 각 문단별로 소주제가 무엇인지를 파악하고, 그 줄거리를 요약하는 습관을 길러야 합니다. 특히 필자가 표현하려는 것과 그 뒷받침되는 내용이 무엇인지 알아내는 것이 필수겠지요.

다섯째, 글의 배경은 무엇인지, 앞뒤 맥락이 어떻게 이어지고 있는지를 잘 생각하면서 읽어야 합니다. 그리고 소설일 경우에는 주인공과 등장인물들의 성격이나 특성을 파악해야 하지요.

여섯째, 다 읽은 다음에는 줄거리를 만들어 보고, 전체적인 주제가 무엇인지 정리하는 작업도 필요합니다.

책을 감상하는 방법

책을 읽을 때는 내용을 진지하게 파고들어 가며 읽어야 합니다. 즉 자기의 현재 생활과 비교해 가며 생각의 폭과 사고를 넓히는 것이 중요하답니다. 그리고 작품의 문체·제목·주제·논제 등도 염두에 두고 읽으면 독후감을 쓰기가 좀더 수월해집니다.

그리고 저자가 강조하고 있는 내용과 사건들이 현재 우리 사회에 어떤 의미를 가지고 있으며 어떻게 발전시켜 나가야 할 것인가를 생각하며 읽습니다. 더불어 저자가 작품에서 강조하려고 하는 것이 무엇인가를 파악하며 읽을 필요가 있습니다. 그렇다고 굉장한 부담을 느끼면서 책을 읽을 필요는 없습니다. 책 읽는 것 자체를 즐긴다면 그리 깊게 생각하지 않아도 작가가 말하려는 바를 깨닫게 될 테니까요.

그렇다면 각 문학 장르에 따라 어떤 점에 유념하여 책을 읽어야 하는지 알아볼까요?

▌**소설**▌ 작품의 주제를 파악하고 작중 인물의 성격과 배경을 생각하며 주인공이 어떻게 변화되어 가고 있는가를 염두에 두고 읽습니다. 자신의 생각이나 현실과 결부시켜 보는 것도 재미를 배가시켜 줄 거예요.

▌**시**▌ 선입견 없이 그대로 느낌을 받아들이며 읽습니다.

▌**희곡**▌ 무대 상연을 전제로 하여 쓰여진 것이기 때문에 시간적·공간적 제약을 받는다는 것을 염두에 두어야 합니다.

▌**역사 소설**▌ 인물·사건 등을 작가가 상상력에 의존하여 구성한 글로서, 항상 계몽사상이나 민족의식 고취 등 어떤 목적이 들어 있는지를 파악하며 읽어야 합니다.

▌**역사**▌ 역사는 역사 소설과는 구분지어야 합니다. 이것은 정

확한 기록으로 글쓴이의 주관적 해석이 들어 있을 수 없으며, 시간의 흐름에 따라 사건을 나열한 것임을 생각해야 합니다.

▌수필▐ 지은이의 인생관이 들어 있습니다. 심리적 부담감이 적으므로 편안한 마음으로 읽을 수 있습니다.

▌전기문▐ 인물의 정신, 자취, 시대적 배경과 사회적 환경을 먼저 파악해야 합니다.

▌과학 도서▐ 미지의 세계에 대한 탐구심, 합리적 사고력 배양, 지식과 정보의 입수, 창의력을 기르는 데 도움이 되므로 평소 이에 대한 흥미를 갖는 것이 중요합니다.

독후감이란 무엇인가?

독후감은 말 그대로 어떤 글이나 책을 읽고, 그에 대한 느낌이나 생각을 쓰는 것입니다. 좋은 책을 읽고 그것을 정리해 두지 않는다면 곧 그 내용을 잊어버려, 독서를 한 만큼의 가치를 얻지 못할 수도 있으니까요. 그러므로 한 권의 책을 읽으면 곧 그 책의 내용을 정리하고, 느낌이나 생각을 적어 두는 것이 좋습니다.

독후감은 느낌이나 생각을 거짓 없이 써야 하나, 그렇다고 아무렇게나 써도 되는 것은 아닙니다. 즉 독후감도 글이므로 수필의 형식으로 쓰든, 논술의 형식으로 쓰든, 정확하게 읽고 주제와 내용에 맞게 써야 함은 물론이죠. 아무리 좋은 글이나 책이라도, 잘못 읽어 실제와 맞지 않는 생각이나 느낌을 쓰면 좋은 독후감이라고 할 수 없거든요. 그러므로 좋은 독후감을 쓰려면 독서를 잘해야 한다는 것이 전제됩니다. 독서를 잘하는 방법은 따로 있는 게 아니라, 그저 많이 읽다 보면 요령이 생기고, 이해도 쉽게 되며, 능률도 오르게 되는 것입니다.

독후감은 왜 쓰는가?

독후감을 쓰는 목적은 독후감을 작성함으로써 독서하는 능력이 향상되고 글 쓰는 훈련을 할 수 있기 때문입니다. 그러므로 독후감을 쓰기 위해 책을 읽으면 보다 깊은 생각을 하면서 책을 읽게 됩니다. 또한 책을 통해 생활을 반성하며, 책에서 얻은 지식과 감명을 음미하여 자기 생활에 적용시킬 수 있습니다. 문장력과 논리적 사고가 향상되는 것은 물론이고요! 그럼 독후감을 왜 쓰는지 다음과 같이 정리해 볼까요?

① 읽은 책의 내용을 되살려 다시 음미해 볼 수 있습니다.

② 감동을 간직하고 책 읽는 보람을 얻을 수 있습니다.

③ 책을 통해 지식을 심화시킬 수 있습니다.

④ 책을 통해 자신의 문제를 연관지어 볼 수 있습니다.

⑤ 글을 써 봄으로 해서 생각을 깊이 있게 할 수 있습니다.

⑥ 독서 목표를 확실히 할 수 있습니다.

⑦ 작품에 대한 비판력과 변별력을 기를 수 있습니다.

⑧ 생각을 조리 있게 쓸 수 있는 작문력을 향상시켜 줍니다.

⑨ 사고력과 논리력, 추리력을 기를 수 있습니다.

⑩ 바르게 책을 읽는 습관을 형성할 수 있습니다.

⑤ 독후감을 쓰기 전에 생각하기

독후감은 수필의 형식이든 논술의 형식으로든 쓸 수 있다고 했는데, 사실 이 둘의 차이는 모호합니다. 다만, 수필이 자유롭게 붓 가는 대로 쓰는 것이라면 논술은 논리 정연하게 쓴다는 점이 다르다고 할 수 있습니다.

붓 가는 대로 자유롭게 수필의 형식으로 쓰는 독후감이라도 글의 앞뒤가 맞지 않는다든지, 주제가 통일되지 않으면 좋은 평가를 받을 수 없습니다. 논리 정연하게 쓰는 독후감이라면, 서론 · 본론 · 결론으로 나누어 서술해야 함은 물론이구요.

서론에 해당되는 부분에서는 그 책에 대한 소개나 쓴 사람의 생애, 또는 특기할 만한 일화 같은 것을 적는 것이 일반적입니다.

본론에 해당하는 부분에서는 그 책을 읽고 특별히 다루려는 내용을 체계적이고 구체적으로 써야 합니다.

결론에서는 본론에서 다룬 내용을 요약하거나, 자신이 읽은 후의 감상, 그 책의 좋은 점, 나쁜 점 등을 들어서 마무리를 해야 합니다.

독후감은 짧게 쓰는 것이 상례이므로, 작품 전체를 거론하기보다는 특정한 주제를 잡아서 쓰는 것이 좋습니다. 보편적으로 다룰 수 있는 몇 가지 주제를 제시해 보면 다음과 같습니다.

첫째, 작가의 의식이나 주인공의 언행, 성격과 연관지어 주제를 구현시키는 방법입니다.

문학 작품이라면 주제가 애정이나 애국, 의리나 배반일 수 있으므로 이러한 점에 초점을 두고 써야겠지요. 또한 과학이나 업적에 관계된 것이라면, 그 발명의 의의나 연구자의 노력과 관련시켜 서술해야 하겠지요.

둘째, 저자의 이념이나 생애, 업적에 관심을 두고 쓰는 방법입니다.

그 작품을 통하여 알 수 있는 저자의 철학이나 사상 또는 저자가 그 작품을 남기기까지의 역경이나 작품을 쓰게 된 동기, 작품의 가치나 다른 작품에 미친 영향 등 작품과 연관시켜 쓰는 것이지요.

셋째, 작품의 내용을 중심으로 기술합니다

예컨대, 작품 속 주인공의 성격을 분석하거나 다른 사람과 비교해 볼 수도 있고, 그 작품의 사건이나 시대적 배경을 논의하거나, 작품의 구성 같은 것에 초점을 두고 이야기할 수도 있습니다.

이와 같이 작품을 읽기 전에 먼저 어떤 점에 중점을 두고 독후 감을 쓸 것인가를 염두에 둔다면, 그렇지 않은 경우보다 훨씬 이해가 쉽고, 나중에 독후감을 쓰는 데도 도움이 될 것입니다.

독후감의 여러 가지 유형

1. 처음에 결론부터 쓴 다음 왜 그러한 결론이 도출되었는지 감상을 자세하게 쓰거나, 감상을 먼저 쓰고 결론을 씁니다.

2. 책을 읽게 된 동기부터 설명하고 글 중간에 자기의 감상을 씁니다.

3. 저자나 친구에 대한 편지 형식으로 감상을 쓰거나 주인공에게 대화 형식으로 씁니다.

4. 시(詩)의 형태로 감상문을 씁니다.

5. 대화문(對話文) 형식으로 씁니다.

6. 줄거리부터 요약한 다음 자기의 느낌이나 생각을 씁니다.

독후감을 구체적으로 쓰는 방법

　어렵게 쓰겠다는 생각은 하지 말고 쉽게 써야겠다는 마음가짐을 가져야 좋은 글이 나올 수 있습니다. 그리고 무엇보다 감상문을 쓰기 전에 무엇을 어떻게 쓸까 조목별로 골자를 먼저 쓰고, 이 골자에 살을 붙이는 방법으로 쓰려고 노력해야 합니다. 이때 의도적으로 아름답게 잘 쓰려고 하지 않는 것이 좋습니다. 자, 그럼 더 자세하게 알아볼까요?

　1. 먼저 제목을 붙입니다.

　2. 처음 부분(머리글)을 씁니다.

　　➧ 책을 읽게 된 이유나 책을 대했을 때의 느낌을 씁니다.

　　➧ 자신의 생활 경험과 관련지어 써 봅니다.

　　➧ 제일 감동받은 부분을 씁니다.

　　➧ 지은이나 주인공을 소개하는 글을 씁니다.

　3. 가운데 부분을 씁니다.

　　➧ 자기의 생활과 견주어 씁니다.

　　➧ 주인공과 나의 경우를 비교해서 씁니다.

　　➧ 시시비비를 분명히 가려야 합니다.

　　➧ 가장 극적이었던 부분을 소개합니다.

　4. 끝부분을 씁니다.

　　➧ 자신의 느낌을 정리합니다.

◁》 자신의 각오를 씁니다.

독후감을 쓴 다음에는 다음과 같은 추고의 과정이 필요합니다.

첫째, 쓴 글을 다시 한 번 읽으면서 맞춤법이나 표준어 규정에 어긋나는 것은 없는지 살펴봐야 합니다.

둘째, 문장이 잘 구성되어 있는지, 또 문단이 잘 짜여져 있는지 알아보아야 합니다. 한 문단에는 소주제문과 보조문들이 있어야 하는데, 그런 점이 잘 지켜져 있는지 유의해야 합니다.

셋째, 글 전체의 구성이 잘 이루어졌는지 살펴봅니다. 예를 들어 서론에 해당하는 부분이 지나치게 길다든지, 결론에 해당하는 부분이 너무 짧다든지, 전체적인 구성이 균형을 잃고 있다면 다시 고쳐 써야 하겠지요.

우리가 시간을 들여 열심히 책을 읽고 난 후 독후감을 잘 쓰기 위해서는 책을 읽고 있는 동안의 느낌을 잊지 않고 글로써 표현할 줄 알아야 하며, 책을 읽고 가장 감명받은 부분을 기억하고 있어야 합니다. 또한 다른 사람들은 어떻게 독후감을 썼는지 남의 것을 읽어 보고, 자신의 것과 비교해 보며 자주 글을 써 보는 것이 중요합니다. 그렇게 하다 보면 자신만의 개성 있는 필치로 독특한 감상문을 쓸 수 있게 되지요. 학교에서 아무리 독후감 숙제를 내주어도 부담없이 즐거운 기분으로 끝낼 수 있을 겁니다!

🎱 그 밖에 알아두면 유익한 것들

▌독후감 쓰기 10대 원칙 ▌

1. 자신의 수준에 맞는 책을 선택합시다.

2. 독후감 쓰는 형식이 있기는 하지만 너무 거기에 구애받을 필요는 없습니다.

3. 자신이 작가라면 어떻게 글을 이끌어갈지를 생각하며 읽어 봅시다.

4. 평소 음악 평론이나 영화 평론을 많이 읽어 봅시다.

5. 읽으면서 마음에 와닿는 것이 있다면 따로 적어 둡시다.

6. 현대 사회의 문제점과 비교하면서 읽어 봅시다.

7. 모르는 것이 있으면 적어 두는 습관을 기릅시다.

8. 신문 사설이나 칼럼을 스크랩해서 필요할 때 사용합시다.

9. 요약하는 데에만 집착하지 말고 제대로 책을 읽읍시다.

10. 읽은 후에는 꼭 독후감을 직접 써 봅시다.

▌책을 읽는 10가지 방법 ▌

1. 아주 어릴 때부터 책과 친하게 지내는 습관을 기릅시다.

2. 너무 속독하려 하지 말고 담겨진 내용을 충실히 읽는 습관을 기릅시다.

3. 항상 작품이 나와 어떠한 상관 관계가 있는지 체크를 해 가

며 읽읍시다.

4. 무조건 책장을 넘길 것이 아니라 시시비비를 가려 가면서 읽읍시다.

5. 매일매일 조금씩이라도 책을 읽는 습관을 들입시다.

6. 책 속에 담긴 뜻을 음미하고 되새기면서 읽읍시다.

7. 너무 자신의 취향에 맞는 책만 읽지 말고 다양한 장르의 책을 골고루 읽도록 합시다.

8. 책 속에 담겨진 교훈을 깊이 생각하고 생활에 적용시킵시다.

9. 책에 따라 읽는 방법을 달리하는 습관을 들입시다. 모든 책이 만화책은 아니기 때문이죠.

10. 바른 자세로 앉아 눈과의 거리를 30cm 두고 밝은 곳에서 읽읍시다.

🄈 원고지 제대로 사용하기

▌제목 및 첫 장 쓰기 ▌

1. 제목은 석 줄을 잡아 둘째 줄 가운데에 씁니다.

2. 1행 2칸부터 글의 종별을 표시합니다. 가령 수필이면 '수필' 이라고 씁니다. 간혹 글의 종별을 비워 두는 경우가 많은데 이는 적는 것을 잊었거나, 원고지 사용법에 무관심하기 때문입니다.

3. 제목을 쓸 때에는 마침표를 찍지 않고, 물음표와 느낌표는 붙이지 않는 것이 좋습니다.

4. 제목에 줄임표는 사용하지 않는 것이 상례입니다.

5. 이름은 넷째 줄 끝에 두 칸 정도를 남기고 씁니다. 특별한 경우에는 서너 칸을 남겨도 됩니다.

6. 성과 이름은 붙여 씁니다. 다만, 성과 이름을 분명히 구별할 필요가 있을 경우에는 띄어 쓸 수 있습니다. 예) **임채후**(○), **남궁석**(○), **남궁 석**(○)

7. 본문은 여섯째 줄부터 쓰는 것이 좋습니다. 단, 특수한 작문인 경우는 넷째 줄부터 본문을 시작해도 상관없습니다.

8. 학교 이름이나 주소가 길 경우에는 세 줄로 쓸 수 있습니다.

9. 주소는 보통 표제지에 기재하고 원고지 첫 장에는 제목과 성명만 간단하게 적는 것이 상례입니다.

10. 성명의 각 글자는 시각적 효과를 위해 널찍하게 한두 칸씩 비워 써도 무방합니다.

11. 학교 앞에 지명을 기입할 때는 학교명을 모두 붙여 써서 지명과 학교명의 구분을 명확히 해 주는 것이 좋습니다.

▌ 첫 칸 비우기 ▌

1. 각 문단이 시작될 때는 첫 칸을 비우고 씁니다.

2. 대화체의 경우는 첫 칸을 비우고 씁니다.

3. 인용문이 길 때는 행을 따로 잡아 쓰되, 인용 부분 전체를 한 칸 들여서 씁니다.

4. 첫째, 둘째, 셋째 등으로 이야기를 전개해야 할 때는 시작할 때마다 첫 칸을 비울 수 있습니다. 단, 그 길이가 길거나 제시된 내용을 선명하게 하고자 할 때 비워 둡니다.

5. 시는 처음 두 칸 정도 줄마다 비우고 씁니다.

▌줄 바꾸기 ▌

1. 문단이 바뀔 때는 줄을 바꾸어 씁니다.

2. 대화는 줄을 새로 잡아 씁니다.

3. 인용문을 시작할 때는 줄을 바꾸어 씁니다. 단, 그 길이가 길 때 한해서입니다.

4. 대화나 인용문 뒤에 이어지는 지문은 글이 다시 시작되는 것이므로 한 칸을 들여 씁니다. 단, 이어 받는 말로 시작되는 지문은 첫 칸부터 씁니다.

▌문장 부호 및 아라비아 숫자, 영문자 ▌

1. 문장 부호는 한 칸에 하나씩 넣는 것이 원칙입니다.

2. 아라바아 숫자는 한 칸에 두 자씩 넣습니다.

3. 한자(漢字)로 쓸 때는 띄어 쓰지 않습니다. 그러나 한자와 한글이 함께 쓰이면 띄어 쓰기를 합니다.

4. 마침표(.)와 쉼표(,) 다음에는 통례상 한 칸을 비우지 않으며, 느낌표(!), 물음표(?) 다음에는 통례상 한 칸을 비웁니다.

5. 행의 첫 칸에는 문장 부호를 쓰지 않습니다. 첫 칸에 문장 부호를 써야 할 경우는 그 바로 윗줄의 마지막 칸에 글자와 함께 씁니다.

6. 영문자의 경우, 대문자는 한 칸에 한 글자, 소문자는 한 칸에 두 글자씩 넣습니다.

⑩ 문장 부호 바로 알고 쓰기

1. 마침표 : 문장을 끝마치고 찍는 문장 부호로 온점(.), 물음표(?), 느낌표(!)를 이르는 말입니다.

2. 쉼표 : 문장 중간에 찍는 반점(,) 가운뎃점(·) 쌍점(:) 빗금(/)을 이르는 말입니다.

3. 따옴표 : 대화, 인용, 특별어구를 나타낼 때 쓰는 문장 부호로 큰따옴표(" ")와 작은따옴표(' ')를 씁니다.

4. 그 밖의 문장 부호 : 물결표(~)는 '내지(얼마에서 얼마까지)'라는 뜻에 씁니다. 줄임표(……)는 할말을 줄였을 때와 말이 없음을 나타낼 때 씁니다.

⑪ 마치며

초등학교나 중학교에서는 독후감이라는 말을 사용하지만 고등학교에 가게 되면 독후감이라는 말보다는 아마 논술이라는 말을 더 많이 쓰고 더 많이 듣게 될 것입니다. 논술이란 말 그대로 어떠한 논제를 가지고 논리적으로 서술하는 것을 말하는데, 이는 하루아침에 이루어지지 않습니다. 다양한 분야의 많은 것을 폭넓고 깊이 있게 알고, 주관을 뚜렷이 할 때만이 논술을 잘 쓰게 되는 것이지요. 그러기 위해서는 중학교 시절부터 많은 책을 읽어 보고 스스로 글을 써 보는 훈련을 하는 것이 중요합니다.

실제로 고등학교에 가면 교과목 공부에도 시간이 모자라 제대로 책을 읽을 시간이 없거든요. 무엇을 알아야 글을 쓸 것이고, 자신의 주장을 피력할 것 아니겠어요? 그러니 중학생 시절부터 좋은 책을 많이 읽어 보고, 생각해 보며, 글을 써 보는 노력을 하는 것이 여러분의 미래를 더욱 밝게 해줄 것입니다. 아마 그렇게 한 사람은 그렇지 않은 사람보다 10리쯤 앞서 나가지 않을까 생각되는데 여러분 생각은 어떠세요?

독후감 제대로 쓰기

‖성 낙 수‖
한국교원대학교 교수, 연세대학교 졸업, 동 대학원에서 석사 · 박사 학위 받음.
‖유 의 종‖
신일중학교 교사, 고려대학교 졸업, 한국교원대학교 대학원 수료.
‖조 현 숙‖
제천여자중학교 교사, 한국교원대학교 졸업, 동 대학원 수료.

판 권
본 사
소 유

중학생이 보는
햄 릿

초판 1쇄 발행   2001년 7월 25일
초판 8쇄 발행   2020년 4월 28일

엮 은 이   성낙수 · 유의종 · 조현숙
지 은 이   셰익스피어
옮 긴 이   김 재 남
펴 낸 이   신 원 영
펴 낸 곳   (주)신원문화사

주   소   서울시 구로구 가마산로 27길 14(신원빌딩 10층)
전   화   3664-2131~4
팩   스   3664-2130

출판등록   1976년 9월 16일 제5-68호

＊잘못된 책은 바꾸어 드립니다.

ISBN 89 - 359 - 0995 - 5 43840